f
H
M
futami
HORROR
×
MYSTERY

アンハッピーフライデー

——闇に蠢《うごめ》く恋物語

山口綾子

Yamaguchi Ayako

写真　岡田圭市
モデル　山口綾子
デザイン　坂野公一（welle design）

contents

第一話　アンハッピーフライデー

金曜の夜。人々は皆どこか解き放たれたような笑顔を浮かべ、男も女も饒舌《じょうぜつ》になり、ネオン煌《きらめ》く歓楽街を通り過ぎては、街の雑踏の中へと消えていく――。

ツバサ、サエ、エリカ、カオルコの四人は、毎月一回どこかの週末に開催している合コンに、いつも揃《そろ》って参加している。

三十代半ばの独身の女たちが持ちまわりで居酒屋やレストランで開催するコンパには、学生時代の友人や職場の同僚などの人脈を介して、毎回様々な人が集まった。ときにはSNSで見つけたパーティーに参加してみることもあり、初めて出逢《であ》う人々との交流を楽しんでいた。

四人は、脚本家、医薬情報担当者《MR》、洋服デザイナー、英会話講師とそれぞれ特徴のある職業に就いているため、男性たちの興味を引くことには事欠かなかった。

既婚であることを隠していた者、職業を詐称していた者など最悪の部類の男たちもときにはいたが、毎回の合コンの後に〝反省会〟と称して彼らのことをこき下ろすのもまた楽しい時間だった。

ときめくような素敵な出逢いをどこかで期待する一方で、既婚者のように家族に縛られることもなく気の置けない友人と過ごせる自由な時間は、四人にとって最高の楽しみなのだ。

しかし、この日の合コンは少し違った。

サエが同僚から電話で、急遽《きゅうきょ》かつ強引に代理出席を懇願されたという。

サエは頼まれると断れない性分だ。幼い頃から共働きの両親のもと、四人の弟たちの面倒をみてきたせいか人よりも責任感が強く、勝気な性格も手伝って困っている友人の頼みとあらば、何でも引き受けてしまうところがある。

その同僚は知り合いの女性たちを連れていく予定だったが、この日に限って全員が残業せざるを得なくなって参加できなくなったのだという。一度は断ろうかと迷ったサエだが、話を聞くと、四対四のコンパだというではないか。サエは、ツバサ、エリカ、カオルコの三人の顔を思い浮かべた。週末に予定が埋まらず、暇を持て余していた三人は、サエの誘いに二つ返事で応じた。

六本木《ろっぽんぎ》の雑居ビルに入っている小さなダイニングバー【Vrai amour《ブレ・アムール》】。

ブレ・アムールはフランス語で、〝真実の愛〟を意味する。サエの同僚によると、その店は路地裏にある隠れ家的なスポットで、〝店内のある席を利用すると、燃え上がるような恋に落ちる〟という都市伝説があるらしい。四人の独女は、そんな噂《うわさ》を小バカにしつつ、新たな出逢いを期待して夜の街へと繰り出した。

ビルの入り口から狭い階段を上った先に小さな踊り場があり、その脇に構える重厚な扉を開ける。店内を見渡しても、なぜか店員の姿はない。

サエが、同僚が予約を入れたという席を探していると、

「いらっしゃいませ……」

突然、背後から男の声がした。

四人が驚いて振り返ると、そこには青白い顔をした年齢不詳の男が立っていた。

白いYシャツに黒のベストを身に纏《まと》ったバーテンダー風の姿からして、この店の店員なのだろう。しかし店員は、お客が来たというのにニコリともせず、虚《うつ》ろな眼で遠くを見つめている。

「あ……あの、八時から予約してる……」

「こちらへどうぞ」

サエが言い終える間もなく、店員は右の通路へと歩いて行った。

四人がそのあとについていくと、店内の一番奥に構えるひときわ目立つ真っ赤なソファー席へと案内された。

「ご注文は」

「ああ、ええと……じゃあ私は……」

男性たちからは到着が遅れると聞いていたので、四人がそれぞれドリンクを注文すると、店員は不愛想なままさっさと店の奥へ引きかえしてしまった。

「……あの店員さん、大丈夫かしら？」

カオルコが眉をひそめながら言うと、

「お待たせしました」

心臓が止まるかと思った。つい十数秒前に注文したばかりの飲み物をトレーに載せた店員が、先ほどと寸分違《たが》わず同じ場所に立っている。

「あ、ありがとう……ずいぶん早いのね」

サエが言うと、店員は何も言わずにドリンクをテーブルに置いて、また奥へ消えてしまった。

四人は不気味な店員に困惑しつつ、男性たちの到着を待つことにした。

しかし、聞いていた時刻になっても、連絡一つなく一向に来る気配もない。

「遅いわねぇ……まだなの？」

エリカが業を煮やして愚痴を漏らしはじめたとき、ツバサが思いついたように口を開いた。

「そういえばさ、私たちって意外とみんなの過去の恋バナとか聞いたことないよね？」

「確かに……」

三人が頷《うなず》くと、ツバサは続けた。

「来ない男たちをただ待ってるだけってのもなんか虚《むな》しいしさ、〝過去最低だった恋〟の話、聞かせてくれない？」

「そんなのいっぱいあるわよ〜」

「そうね……思い出すのも嫌なヤツとか」

エリカとカオルコ、サエが顔を歪《ゆが》めて微妙な笑顔を浮かべている横で、ツバサは慌ててバッグからノートと万年筆を取り出した。脚本家であるツバサにきた新しい仕事は、恋愛モノの脚本の執筆なのだ。


私は都内で脚本家として働いている。自宅での執筆作業ばかりのため、取材の予定や友人からの誘いがあれば、その貴重な外出時間を楽しんでいる。

そして、私は脚本家であると同時に、いわゆる〝霊能力者〟でもある。他人の霊視ができるのだ。といっても、生まれつきそうであったわけではない。その能力が芽生えたのは、母が亡くなってからだ。

　母子家庭で育ったこともあって男性と接する機会が少なかった上に、人付き合いも得意ではなく、自他ともに認めるコミュ障なのだ。特に男性に対してはそれが顕著だ。

　家を出ていった父親は子育てに厳しい人だったが、幼い頃に一度だけ、父を驚かせようと、父が住む新居を探し当て、一人でいきなり訪れたことがあった。窓の外から見た父の姿は、それまで一度も見たことがない笑顔だった。

　父の隣には、知らない女の人がいた。その人も、父と同じように笑っていた。それは幼い私にとって非常に不愉快な光景で、初めて人の笑顔に嫌悪感をおぼえた。

　男性に対してコミュ障が激しいのは、このことが原因だろうと思う。

とはいえ、私も今年三十二歳になる。〝年齢＝彼氏いない歴〟というわけでもなく、何人かの男性と付き合ったことはある。

　私は脚本を書くとき、何かネタになる可能性を感じれば、必ず取材する。その時は決まって、母から贈られた万年筆でメモを取るようにしている。

　もともと一人で物語を紡ぐことが好きだったため、せめて文章で気持ちを伝えることができるようにと、成人祝いに母が長年使ってきたこの万年筆をプレゼントしてくれた。

　その母も十二年前に病に倒れ、この世を去った。私が二十歳の時だ。

　それから数か月、まだ脚本家の見習いだった私は、ラブストーリーを書くため喫茶店に友人の渚《なぎさ》を呼び出し、恋愛の経験談を取材した。

「……それで、その彼とはなんで別れたの？」

「それが色々あってさぁ。その日ぃ〜デートの約束してたんだけど。前日に、あたしが洋《よう》介《すけ》のメールの返信が無いことにムカついて、またいつもみたいにメール送りまくっちゃってさぁ。だってアイツ、前に他の子と二人で出掛けたりとかあったからね？　そしたらアイツ、怒ってバイト入れちゃったんだ。そのことがどうしても許せなくてぇ……」

渚が最近、付き合っていた彼氏の洋介とケンカ別れしたという話を聞いている最中、目の前で熱く語る渚の声が段々遠くなっていった。視界が真っ白になったかと思うと、私の目の前には見たこともない光景が現れた。

＊＊＊

私がいる位置からは後ろ姿しかわからないが、洋介と思われる男性が、どちらかの自宅なのだろうか、ダイニングテーブルを挟んで渚と向かい合い、立ったままで、椅子に腰かけている渚を見下ろしている。

『え？　……ここは…………うっ！』

まるで異空間に迷い込んだかのような感覚に動揺しきっている私の指は、自然と鼻をつまんでいた。これまで嗅いだことのない、鼻をつきさすような異臭が部屋中に漂っている。

しかしどういうわけか、渚たちは少しも気にしていない様子だ。それどころか、このあとどこかへ出かける予定をしているのか、洋介はダウンジャケットを羽織っており、完璧なメイクを施した渚の首には黒のチョーカーが揺れていた。

部屋の中は天井から吊《つ》り下げられた古めかしいオレンジ色の電球が、狭い空間を照らしているだけで、全体的に薄暗い。しかし、どんよりして見えるのは、部屋の薄暗さのせいだけではないようだ。

向かい合った二人に笑顔はなく、洋介は激しい口調で渚に何か言っている。

「お前ふざけんなよ……！　お前が『来ないと死ぬ』って言うからわざわざバイト抜け出して来たんじゃねえか！　なんっだよその格好。出掛けねぇからな！　てかもう限界だわ。ふざけんな！　このクソメンヘラ女！」

それはまさに、今さっきまで取材で聞いていた話の内容そのものだった。まるで再現ドラマを間近で見ているようだ。

ところが、渚の様子がどこかおかしい。普段は口数の多い渚が、一言も声を発していない。彼女の表情からして何か反論したいようだが、口を開いては再び力なく唇を閉じるだけで何も発言することはなく、目には涙を滲《にじ》ませている。

『渚……？』

私は何か不吉な予感を感じたが、その光景をただただ見ていた。その後、違和感の正体に気づいたとき、自分の目を疑った。

渚は言葉が見つからず反論できないのだとばかり思っていたが、どうやら違うようだ。彼女は反論できないのではなく、物理的に声を発することが困難なのだ。

彼女の首元をよく見ると、彼女が口を開きそうになるたびにチョーカーがギュッと首に食い込む。最初は見間違いかと思ったが、三回目でようやく、これは何者かによって意図的に操作されているものだと確信した。この部屋の中にいるのは、彼らだけではない……。

私は、恐る恐る渚の背後に焦点を合わせた。

チョーカーではなかった。

黒い革紐《かわひも》に見えたそれは、昔、祖母の畑でビニールハウスの中に無造作に置かれていた農作業用のものにそっくりだった。その紐は渚の背後へ三メートルほど伸び、先端は、薄暗い部屋の隅に佇《たたず》むように立つ一人の人間の首にしっかりと巻き付けられていた。

黒いタートルネックのセーターを着た、三十代半ばに見える細身の男性だった。

「……ハア……ハア……」

青ざめた唇から白い息を吐きながら、真っ赤に充血した両目をカッと見開いて渚の後ろ姿を捉えたその顔は、とても生きている人間のものとは思えなかった。

異様な臭いの根源がこの男であると悟ったとき、私は思わず両手で顔を覆った。

『イヤッ……！』

指の隙間から見える渚は、今まさに何か反論しようと口を開きはじめた。

「……あ、あたしだって……」

その瞬間、タートルネックの男がすかさず両手で握り締めた紐をギュッと後ろに引っ張り唸《うな》る。

「フンッ！　ウウウ……！」

声を発することができなくなった渚は再び開いた口をそっと閉じた。

「何？　黙ってりゃ俺が心配するとでも思ってんの？　……気持ち悪ッ」

私は動揺した。

意図的に首を絞められているはずの渚はもちろん、洋介さえも、その存在にまるで気づいていない様子なのだ。

まるで、自分にだけ見えている異質な存在……信じたくはなかったが、タートルネックの男は、この世ならざるもののようだった。

『どうして、こんなものが見えるの……？』

戸惑う私の耳に、喫茶店で取材に答える渚の声が徐々に大きく聞こえてきて、目の前には先ほどと同じ取材の風景が戻った。

＊　＊　＊

「……って感じで、結局洋介が家出てったきり、それっきり連絡もつかなくなってしゅーりょー。でもさ～何でだろ？　なんかあの時、何か言い返したかったのに言葉が出てこなかったというか……反論できなかったんだよねぇ。言われっぱなしだったのを思い出すたびクヤシイ気持ちになるよ！」

渚は私の意識がトンでいたことに全く気づいていないようだった。それもそのはずだ。無意識の内に、ノートには自分で書き進めたと思われる丁寧な字のメモ書きが増えていた。

そんな私をよそに喋《しゃべ》り続ける渚の携帯に着信があったのは、その時だった。

渚は画面を見た瞬間怪訝《けげん》な顔をし、「またコイツ……！」と嫌気がさしたような口調で通話終了のボタンを押した。

「コイツ、ずーっと前からしつこくてさ！」

そう言って男が写し出された画面を私の方に向けた。

「いきなり自分の写真送りつけてきて、ありえないし、なんか陰気でキモいの！　嫌われるってわかんないかな？」

表示されていたのは紛れもなく、先ほど目の前で渚の首を締め上げていた、あのタートルネックの男だった。

「その人って……」

渚は怪訝な表情を浮かべたまま、重い口を開いた。

「……変な話なんだけどさ。着信拒否しても、携帯変えても、コイツから連絡がくるんだ。でもおかしいのがさ、どこで会った誰なのか、思い出せないんだよね。それなのに、なぜか身近にいる人のような気がしてならないの……」

私の予想が正しければ、彼はもうこの世にいない。

一体この着信は何だったのか……。得体の知れない不安が押し寄せ、私は胸をギュッと締めつけられた。

心配そうに見つめる私を見て、渚は笑い飛ばすかのように言った。

「けど、大丈夫だよ！　放っとけばなんてことないし！」

「怖くないの……？」

私が聞くと、渚はしばらく沈黙したあと、目を伏せながらゆっくりと口を開いた。

「……怖くないよ。あたし、気づいたの。家の中にいれば、コイツから連絡くることはないって。……だからね、最近はずっと家にいるんだ。それなら、安心できるから」

言い終えると、渚は軽く別れの挨拶をしてから、逃げるようにして自宅へと帰って行った。「今日一日空いている」と言っていたのに……。

タートルネックの男の正体は何者なのか？　渚は大丈夫なのか？　――私は悶々《もんもん》としながら、店をあとにした。

「あの男の正体がわかったかもしれない」――渚から連絡があったのは、数週間後のことだ。

喫茶店で私と会ってから数日後、たまたま霊感のある女性と話す機会があったという渚は、彼女から半ば強引に、「あなたには良くないオーラが見える。金はいらないから霊視をさせてくれ」と頼まれたのだという。

霊視によると、渚には、男の霊が憑《と》りついているという。

その男は、過去に恋愛関係にあった女性とケンカ別れをした後、その腹いせに、首をくくって自殺したらしい。相手の女性の記憶に、最も嫌な形で存在し続けようとしたのだと。

ところが、男は成仏できず、最期を迎えた場所に地縛霊となって留《とど》まり続け、そこに来た女性を次々に不幸にさせているという。

その場所とはまさに、当時渚が一人暮らしていたアパートの部屋だというのだ。

渚は男に魅入られてしまったがために、男の傍《そば》から離れられないように仕向けられているのだという。

私はこの時初めて、自分には霊視の力があるということを知った。霊視をした女性が言ったという内容を聞いて、あの日異空間で見た光景にも納得がいったからだ。

そうなると、渚のことが心配で仕方なかったが、すぐにその不安は解消された。その後、霊能者のアドバイスによって、渚はアパートから引っ越すことができたのだという。

私はホッと胸を撫《な》で下ろした。

以来、どういうわけか恋愛モノの取材をするときに、その内容に関わる世界に入り込むことができるようになった。私が望んでいてもいなくても、そうなってしまう。霊視のためのトリガーは、〝母の形見の万年筆で、恋愛のあれこれを書く〟ということらしい。

最初こそ、何が起きているのかわからず混乱したが、トリガーが何かわかってからは、心構えができるようになった。親しい友人を含め、このことは誰にも話していない。こんなことが他人に知れたら余計に人間関係が構築できなくなりそうで怖かった。そうは言っても執筆への情熱は持ち続けていたので、脚本にリアリティをもたらすこの力は、おそろしくも頼もしいものになった。

今回の仕事でもこの力は使えるものだった。

恋愛経験が多いとは言えないツバサにとって、この不毛な待ち時間はネタ集めのチャンスに変わった。〝過去最低だった不幸な恋愛話〟というテーマで、皆の話に耳を傾けながら、メモ書きに専念することにした。もちろん、母の形見の万年筆を使って。

霊視は慣れたが、友人たちにこの不思議な力を使うことに、若干の後ろめたさはぬぐえない。けれど、霊視することで何か力になれることがあるかもしれない。何より、長年愛用している母の想《おも》いがこもったこの万年筆でないと、書く気がしないのだ。

第二話　エリカ

最初に口を開いたのはエリカだった。

フリーランスの洋服デザイナーとして働くエリカにとって、人脈ほど重要なものはないという。顧客を取るか取られるか、ライバルたちとの厳しい世界なのだ。つい半年前までアパレルのアルバイトと並行して生計を立てていた彼女だが、晴れてデザイナー一本を生業にできるまでに上り詰めた。

そんな彼女は、持ち前の明るさと竹を割ったような性格のせいか、四人の中で最も男性遍歴が多い。職業柄もあって服装へのこだわりが強く、目が覚めるような色づかいの洋服は、エリカの美貌を引き立てていた。


エリカがそれを経験したのは、三十二歳の夏だという。

交際期間八カ月という、彼女にしては長い付き合いをしていた当時四十二歳の在日アメリカ人の彼氏、ジェームズとの別れだ。

「ジェームズ……ほんとにイイ男だったわぁ。あの彫刻のような筋肉に綺麗《きれい》な顔……もうパーフェクトだった……」

エリカいわく、ジェームズはまるで映画に登場するようなダンディーなイケメンだったという。

透き通るような青みがかったグレーの瞳は、端正な顔立ちをより印象づけるように輝いていた。スッと筋の通った高い鼻の下では、髭《ひげ》が丁寧に剃《そ》られ、清潔感のある桜色の薄い唇はいつも優しく微笑んでいた。背の高いエリカがハイヒールを履いてようやく追いつくほどスラッとした高身長のジェームズの身体には、無駄な肉など一切ない。鍛え抜かれた肉体からは、ほのかに甘く良い香りがした。

その男らしい胸に頬を寄せると、温かな安心感に包まれた。幾度となくうっとりとしたことは今でも忘れられないと語るエリカの顔は、とろけるような表情を浮かべている。

ジェームズの魅力は外見だけではない。

大手企業に勤める彼は仕事にも熱心で、仕事の話となると、目を輝かせて自身の夢を熱く語った。着実に成功を収め続けているというだけあって、思考は常にポジティブで、エリカがどんなに落ち込むことがあっても、彼に会うと自然と笑顔になっていた。

それに加え、豪華なレストランでの食事や、高級車でのドライブデートは当たり前。いついかなるときも常に紳士的で、エリカを第一に考えてエスコートしてくれたという。

「いいなぁ羨ましい！　そんなイイ男どこで見つけたのよ？」

「そうよ！　なんで別れちゃったの？」

サエとカオルコが矢継ぎ早に質問すると、言い訳するようにエリカが続けた。

「……一度外国人と付き合ってみたかったのよ。その時ハマってた洋画があってね、その影響だと思うんだけど。それで、マッチングアプリで色々検索してみたら、ジェームズを見つけて、もう、一目ぼれ！　そのあと彼から、『恵比寿《えびす》によく行くバーがあるからそこで会おうよ』って誘われて。浮かれて行ったわよ」

初めてのイケメン外国人とのデートに舞い上がってしまったのだろう、ジェームズの話を聞けば聞くほど、立っているだけでもイイ男が、それまで六本木《ろっぽんぎ》や渋谷《しぶや》で出逢《であ》った〝見た目は良いが中身のない男たち〟と比べて、何倍も輝いて見えたという。

そうしてエリカは、彼の経済力や社会的地位をも利用して、見栄を張りたくなったのだ。この出逢いを逃すまいと、三日も経《た》たないうちに関係を恋人同士にまで発展させた。

「すごいじゃない！　アメリカの男性って、『愛してる』なんてそう簡単には言わないっていうわ。エリカ、よっぽど気に入られたのね」

カオルコが目を丸くすると、サエが言った。

「そうなの？　でも恋人になったってことは、そういうことだもんね。けどさ、そんなにイイ男なら、他の女がほっとかないでしょ？」

「ああ……他の女、ね。思い出すだけでイライラしてきた……！」

それからエリカは堰《せき》を切ったように話し出した。

「だから最初のデートでペアリング買わせたのよ！　休みの日なのに仕事があるから会えないって断られたときは、アイツが飲みに行きそうな場所までわざわざ行ったわ！　結局、取り越し苦労で終わったけど……。『もしバッタリ会っちゃったら』なんて思って、メイクと洋服選びに半日かけてバカみたい！　歩き回ったせいで帰りの電車で足攣《つ》ったわよ！　電話に出ないことなんてのも、もうしょっちゅうで……」

ジェームズへの恨み節を並べるエリカは、鼻の穴を膨らませ、怒りに満ちた表情を露《あら》わに語気を荒げて続けた。

「なのに会ったら、フランス人形かよっていうくらい、妙にキラッキラした目で謝ってくるの！　いつも最後は『I love you』って……尾崎豊《おざきゆたか》じゃあるまいし。こちらが小っ恥ずかしくなるようなこと言うもんだから、夢にまでしょっちゅう出てきたわよっ！」

恋愛にはタフなはずのエリカだが、そのキャラクターとは裏腹に本気でジェームズに入れ込んでいて、別れた今もなお変わっていないことは明白だった。

「でもね変だと思ったのよねぇ。アイツの家に行くと、私と撮った写真が無いのよ。『どこにやったの？』って聞いたら、あれこれ言い訳してたけど、引き出しにしまってあるの！　しかも毎回よ？　他に女を連れ込んでるってなんでもっと早く気づけなかったんだろう！　私が美容師だったらヘアスタイル聞く前にアイツの大事なとこカットして秘宝館《ひほうかん》に飾ってるわよ！　ああ、あと、こんなこともあったわ……」

それからエリカは、ジェームズが浮気している証拠を決定的に摑《つか》む瞬間までの出来事を、ご丁寧にも細部にわたり話して聞かせてくれた。

付き合い始めた頃は、ジェームズのスマホがＬＩＮＥのメッセージを受信すると、その内容が画面上にポップアップされていた。けれど、あるときから〝新着メッセージ〟と表示されるだけになったことで、誰からの、どんな内容のメッセージなのか傍《はた》から見ただけではわからなくなった。更には、スマホを置くときに見られたくないのか必ず画面を下に向けるようになり、いかなるときでもスマホを肌身離さず、トイレに行くときでさえも持って歩くようになったという。

それだけではない。ジェームズの趣味といえば、筋トレやお酒を飲みに行くことくらいしかなかったのに、行ったことがないはずの伊豆《いず》の珍スポットについて妙に詳しかったり、お菓子はあまり食べないはずなのに、特定の駄菓子屋さんのテーマソングをふとした瞬間に口ずさむようになったりと、いつの間にか明らかに怪しい趣味が増えていたのだ。

それらの言動に疑いの目を向けるエリカに対し、ジェームズはいつも「仕事のためだから」と言って彼女をギュッと抱き締めた。抱き締められるたびに、エリカはそれを信じさせられた。

しかし、彼女も馬鹿ではない。ジェームズのふとした言動に怪しさを感じるようになり、いよいよ本気で浮気を疑った。

あるときから、彼の家の芳香剤の匂いが気になるようになった。よく観察してみると、一部屋に一つは必ず置いてある。そのことが気になって、彼がいつも使っている衣類用消臭スプレーをチェックしてみると、二日前に訪問したときよりもやけに減っていた。

極めつけは、夜の営みの最中に起こった出来事だ。

エリカは行為の最中に、自分の名前を呼ばれることに幸福感を得るそうだ。ジェームズもそれをわかっていて、それまで何度も彼女を喜ばせた。

けれど、その喜びは、一瞬にして消え去った。

「メメたん愛してるヨ……！」

聞き間違いではない。エリカは凍りついた。

「……メメたんって誰よ」

咄嗟《とっさ》に身体を起こしてジェームズを問い詰めると、素っ裸のジェームズはこの世で最も恥ずかしい姿を晒《さら》しながら目を泳がせ、しどろもどろになりながら答えた。

「スミマセン……ソノニホンゴ……ヨクワカリマセン……」

その時、サイドテーブルに無造作に置かれていたジェームズのスマホが鳴った。画面には、エリカよりもいくらか若いと思われる女がビキニ姿で満面の笑みをカメラに向けている写真がデカデカと映し出され、その下に〝芽衣《めい》〟という女の名前が表示されていた。

こんなときに限ってスマホの画面が見えるように放置していたジェームズに、エリカは余計苛立《いらだ》ちを覚えた。

「最ッ低ね！　もう付き合ってらんないわよ！　このクソオヤジ！」

怒り心頭に発したエリカは、ベッドの脇に落ちたワンピースを乱暴に頭から被ると床に転がっている自分のバッグを引っ摑み、この破廉恥で汚らわしい家から逃げるようにして脱出した。

この事件以来、ジェームズとは連絡を取り合うことも、会って話すこともないまま現在に至るという。

斯《か》くしてエリカは、ジェームズとの関係に終止符を打ったのだ。

エリカの泥沼恋愛劇を聞き終わる頃には、三人ともグラスの三分の二を飲み干していた。

三人は心の中で、どんな心霊話よりもジェームズのような二股男に引っかかる方がよっぽど怖いと、自分の身を案じた。

要するに、それまで男をとっかえひっかえしてきたエリカにとって、初めて本気で惚《ほ》れ込んだ彼からの裏切りは、心底許し難いものだったようだ。と同時に、これまで経験したことがないほど彼女を傷心させたのだろう、三年も前の失恋話を、まるで昨日のことのように苦々しい表情で話している。

メモ書きしていた私の意識は、得体の知れない強い引力によって霊視の世界へと引きずり込まれようとしていた。

ジェームズに対する怒りのエピソードを熱く語り続けるエリカの声が徐々に遠のき、私は例の不思議な力によって霊視の中へと入り込んだ。

＊＊＊

マンションの一室だろうか、白い壁に挟まれた狭い廊下に立っている。

目の前には、ダークブラウンと金髪が入り混じったウェーブヘアの男性の後ろ姿がある。

サラリと身体にフィットした白シャツを着こなしているのは、がっちりとした肩、背中、腕……そしてその下にスラリと伸びる長い脚には、スモーキーな色のジーンズがよく似合っている。

シンプルな装いもあって、左手の薬指にはめられたゴールドの指輪がひときわ輝きを目立たせている。

『ジェームズ……？』

エリカの話に聞いていたよりは若干若い気がするが、これは彼の後ろ姿だと直感でわかった。今まさに、目の前の玄関に立つ誰かを見送ろうとしているようだ。

ジェームズの視線の先では、ブロンドヘアの女性が、上品な淡いピンクの口紅を引いた唇から真っ白な歯を覗《のぞ》かせて微笑んでいる。モデルなのだろうか、オフショルダーの目が覚めるような鮮やかなブルーのワンピースが、彼女の美貌を引き立てている。彼女もまた、左手の薬指にジェームズとお揃《そろ》いの指輪をはめていた。

そしてその隣には、もう一人の女性がいた。

お世辞にも綺麗とは言えない顔立ちのその女性は、むせるような甘ったるい香水の匂いを漂わせている。

『この匂い……どこかで嗅いだことあるような……』

それはなぜか私にとって、とても馴染《なじ》みのある匂いに思えた。

彼女は時代遅れの緑のサテンのミニドレスを身に纏《まと》い、下品に光るスカートの下には、浅黒い二本の脚を大胆にさらけ出している。娼婦《しょうふ》のようなその格好とは裏腹に、輝きを失った長い髪はもつれ、決して上手とは言えない安っぽいメイクを施しているため、陳腐な印象を醸し出していた。そうかと思えば、履いているのは大きな花の飾りが目を引く高級そうなミュールサンダルだし、羽織っているのは季節外れの豪華なファーコートなのだ。

一つ一つのアイテムは女性らしく、ファッションという点で見ればオシャレなのかもしれないが、ちぐはぐなその組み合わせに気持ち悪さを覚えた。美女の横にいるせいで、余計にそう感じるのかもしれないが。

二人の女性は肩を並べて立っていて、どちらもジェームズと友達以上の関係を思わせる。二人とも好意的な色っぽい目つきで彼を見ているが、彼女たちが憎み合っている様子はなく、ジェームズもまた、三角関係の修羅場を思わせるような焦る様子はまったくない。本人たちが了承している二股らしき関係を目の当たりにしたのは初めてだ。

エリカに嫌と言うほど聞かされたのでジェームズの浮気については承知しているつもりだったが……全くタイプの違う女性二人同時に手を出すとは。ジェームズの貞操観念を疑わざるを得ない。

『まったく……普通ここまでする？　この女たちもたいがいだけど、女好きもいい加減にしろっていうのよ』

呆《あき》れたと思っていると、ブロンドヘアの女性が口を開いた。

「Love you, James（愛してるわジェームズ）」

「……Love you too, Maria（……俺も愛してる、マリア）」

マリアという名のこの美女は、ジェームズに一声かけた後、すぐにドアを開けてもう一人の女性と共に出て行った。それはジェームズとマリアが日常的に交わしている挨拶のようなやりとりであることは、雰囲気を見て感じ取ることができた。

一人きりになったジェームズの様子が豹変《ひょうへん》した。

玄関のドアが閉まったのを確認すると、足早に部屋の中へと引き返し、そして、すぐに玄関に戻って来た。何やら急いでいる様子で、地味な色の薄手のジャケットに袖を通しながら廊下をスタスタと早足で歩いて行くと、そのままドアを開けて外へ出て行ってしまった。開かれたドアの隙間から一瞬見えた空は、燃えるような夕陽《ゆうひ》で赤く染まっていた。

『あっ！　……どこ行くんだろう？』

あとを追いかけようと閉められたばかりの玄関のドアノブに手を掛けると、そのままドアの向こうにすり抜けた。

『ハッ……！』

一瞬、心臓が止まるかと思った。

ついさっきドアを出て行ったはずのジェームズと、目が合ったような気がした。彼は先ほどと変わらぬ装いで住宅街の路地と思われる場所に立っていて、こちらを見上げている。よく見ると、私の目と鼻の先には一枚の窓ガラスがあって——急激な状況の変化にとまどい平衡感覚が鈍って目まいがしたが、すぐに正気を取り戻し、今いる状況を把握した。

私はどこかの建物の一室にいて、その部屋の窓から階下を見下ろしていた。ジェームズの服装や髪型はもちろん、窓から見える風景から感じ取ることができる季節感や空の色を見れば、彼が玄関を出て行った夕方から、さほど時間は経っていないように感じられた。

空はまだ赤い。霊視の中では、このように空間や時間を飛び越えることもある。

私の存在が見えるはずのないジェームズと目が合っているような気がしたのは、彼がこの部屋の中の様子を外から覗き見ているからではないだろうか。私は恐る恐る振り返り、起きている出来事を確認した。

部屋の奥で開きっぱなしになっているクローゼットには、男物の衣類が無造作にハンガーに掛けられている。ソファーやシーツが灰色で統一された飾り気のない室内には、飲みかけの酒の瓶が数本フローリングの床にころがっている。

この部屋の主は恐らく、今まさに部屋の中央でマリアの腰に手を回し、うっとりとした表情で見つめ合っている男であることは直感でわかった。彼はその屈強な腕で、マリアの美しい髪を優しく撫《な》ではじめた。

爽やかなイケメンであるジェームズとは違い、短く切り揃えたダークブラウンの髪ともみあげから口元まで生やした濃い髭が、男らしい温かみを帯びている。

「I'm in love with you（愛してるよ）」

「……I'm yours（……私はあなたのものよ）」

男は慣れた手つきで足元のローテーブルからリモコンを手に取ると、壁際のスピーカーに向かってボタンを押した。スピーカーから流れはじめたゆったりとした響きのジャズミュージックは、見つめ合う二人をより一層ロマンチックなムードへと掻《か》き立てた。

『あ……』

なんだか見てはいけないものを見ているような気がして、私は思わず窓の方へと視線を逸《そ》らした。

階下では、相変わらずジェームズがこちらを見上げている。

彼の目からは、一筋の涙が流れていた。私はなぜか、彼から目を離すことができずにいた。

ジェームズの口元は、堅く引き結ばれていた。

目の前の現実を何とかして受け入れようとしている――そんな気がして、いたたまれなくなったのだ。浮気者のジェームズに、思わず同情してしまった。

『ジェームズ……』

一方、部屋の中では相変わらずロマンチックなムードの二人が身を寄せ合い、ジャズに合わせて身体を揺らしている。そして、互いの額をくっつけながら見つめ合う二人の唇は自然と重なり合った。

キスを交わしている最中の彼女と目が合ったように感じたのは、その時だ。

『えっ？』

彼女はまるで、私がここにいることを最初から知っていたかのように、横目で私を見つめながら戸惑うことなくキスを続けて見せた。

戸惑っているのは私の方だ。なぜ彼女は私のことが見えるのか？　どうして他人が見ている前で堂々とキスを……いや、それ以前に、キスの相手は、つい先ほど微笑みながら「愛してる」と伝えた、ジェームズではないではないか。だとすれば、今私が見ているのは、マリアの浮気現場だということになる。浮気相手との恥ずべき行為を、どうして平気でできるのか？　――オロオロする私を嘲笑うかのように、彼女は妖しく微笑んだ。

「……んっ……フッ……ンフフ」

貪り合うような汚らわしいキスは、下品な音を立てて更に激しさを増していった――上品なはずの口元には、見るに堪えない虫歯だらけの黄ばんだ歯が、ガタガタと不揃いに並んでいる。クチャクチャと音を立てているのは、真っ赤な口紅がよれて引かれただらしない唇――いま、私と目が合っているのは、マリアではない、別の女性だった。

『そんなっ……まさか…………！』

その女性とは、先ほどジェームズの家からマリアと共に出て行った、あの女だった。まるでマジックのようだが、二人が唇を重ねたときから、マリアがスルリとあの女に成り代わったのだ。それはあまりにも自然に起こったので、私は自分の目を疑った。

『どういうこと……⁉』

けれど、どうにも納得いかないのが、この女の様子からして相手の男性への愛情は微塵《みじん》も感じられないことだ。ただ性的な満足を得るためだけに、キスを交わしているようにさえ見える。

「……んん……フフフ」

まるで安っぽいアダルトビデオのワンシーンを見せつけられているようで、私は嫌悪感を覚えた。

ここは霊視の世界の中で、私には霊的なものを見る力がある。そのことは自分が一番理解しているはずなのに、このような場面に遭遇するまで女の正体に気づくことができなかった。

この女が霊的な存在であるにも関わらず、生きている人間と違《たが》わぬオーラを放っていたからに他ならない。このような霊の場合、生きている人間に害を及ぼす可能性が極めて高い。

この女はマリアに憑《と》りつくことで、生前に満たされなかった自らの性的な欲求を満たそうとしている——マリアの心の隙に入り込み、彼女を操っているのだ。

あまりにも身勝手な思惑で、現実世界のマリアの人間関係までをも破綻させてしまっている。

私はこれまで感じたことがないくらい、嫌な予感がした。

窓の外に目をやると、ジェームズが先ほどと変わらぬ様子で佇《たたず》んでいた。

そして何かを断ち切るように大きくため息をついた後、彼の唇が動くのをはっきりと見た。

「I really loved you……Good Bye, Maria（本当に愛してた……さようなら、マリア）」

ジェームズの唇はかすかに震えていた。絶え難い現実を前にして早まる鼓動が、こちらにまで伝わってくるようだ。

それからひとつ深呼吸して、我を取り戻したかのように歩き出した。

ジェームズは二度と振り返らなかった。

私の視界は、ぼんやりと霞《かす》んでいた。ジェームズの姿を見ている内に、自然と涙が溢《あふ》れていたのだ。そして窓越しの彼の背中が見えなくなると同時に、私の視界も真っ白になった。

＊　＊　＊

目の前のテーブルで熱弁する、エリカの姿が戻った。

「ね！　ジェームズってほんっとゲスな男でしょ⁉」

「え？　……ああ……う、うん。そうだね」

いつものように、私の意識がトンでいたことは三人には気づかれていないようだが、エリカの突然の問いかけに思わず動揺してしまった。

先ほど霊視で見たことが本当なら、あれはジェームズの過去なのだろう。

浮気者の最低男だと思っていた彼にも、過去にマリアという本気で愛していた女性に浮気をされ、裏切られた過去があったのだ。そして、信じがたいことにその原因は、マリアに憑りついている色情霊だった。

あの女の霊は何者なのか？　彼女の目的とは一体……。

「ほーんとあんな最低野郎、別れて正解だったわよ！　一体今までどんな恋愛してきたのかしら。きっと誰かを本気で愛したことなんてないのよ！」

エリカが再び愚痴をこぼしはじめると、私は急いで万年筆を握る手に力を入れた。と同時に、私の意識は再び、霊視の中へと引き戻されていった。

＊　＊　＊

『ここは、さっきの……』

私の視線の先では、ジェームズとマリアが玄関に立ち、互いに見つめ合っている。

けれど、その顔に笑顔はなかった。

いくらか時が経ったのだろう、二人の服装が先ほどまでとは違っている。部屋着のような服を着ているジェームズに対し、マリアは薄手のコートを羽織っており、手には大きなボストンバッグを提げている。

冷めきった様子の二人の指には、もう指輪はなかった。

あの女はというと――マリアの背後に隠れるようにして立っていた。

くっきりとクマのできた浅黒く不健康な顔の中に埋もれるようにして存在している吊《つ》り上がった細く小さな目は、私のことを鋭い目つきで睨《にら》んでいた。

『ハッ……！』

思わず声を出してしまった私は咄嗟に両手で口を塞いだ。

「○◆×※△¶□▼σ……」

女の口はあぐあぐと動いていて、何かを連呼しているように見える。口を閉じる暇もないのだろうか、僅かに開いたままの口の端から涎《よだれ》を垂らしながら、親指の爪を噛《か》んでいる。

『何⁉』

耳を澄まして聞いてみると、

「…………ウザイウザイウザイウザイウザイウザイウザイウザイウザイ……」

『……！』

女は、部外者の私が見張るようにして覗き見ていることに憤っているようだ。

女が苛立ちを加速させるほど、その姿は生きた人間とは様子を異にしていく。

普通、人間は自分の顔や身体に当たっている光によって少なからず陰影ができるものだが、この女は違う。

まるでずいぶん昔の、まだテレビの映像が鮮明ではなかった時代の映像のように、はっきりとしない、あやふやでモヤっとした見え方をするようになった。そのせいだろうか、小刻みに揺れる女の身体の輪郭は、ほんの少し遅れて動いている。それが余計に、異質さを増幅させていた。

いや、むしろこれまで見えていたのが仮の姿で、今目の前にいるこの女の姿こそが、本当の姿なのかもしれない。現実の世界では、この女の存在自体が、嘘《うそ》なのだから。

〝このままでは何をされるかわからない〟――私は危機感からギュッと目を瞑《つぶ》ってみたが、無駄だった。

自分の意志で、霊視の世界から抜け出すことは、できない。

『どうしよう……』

もうダメかと思ったその時、

――バタンッ
マリアが無言で玄関のドアを出て行った。無情な音を立てて閉じられたドアを見つめながら、ジェームズはしばらくその場に呆然《ぼうぜん》と立ち尽くしていた。

奇妙なことに、あの女はマリアの後に続くことはなく、先ほどと同じ位置で立ったままだ。

その表情からは先ほどまでの苛立ちが消え、元の姿に戻った女は無表情にこちらををジッと見ている。

『……ウザイって、マリアのことだったの？』

この女はたぶん色情霊だ。他の女に憑りつくことで、その者の身体や心を利用して、自らの欲望を満たそうとする悪霊だ。もしマリアが出て行かなかったら、今度は近くで見ていた私がターゲットになりこちらに突き進んで来たかもしれない……憑りつかれていたかもしれない。そう思うと、全身怖気《おぞけ》立った。

『……だけどこの女性《ひと》、マリアに憑りついてるはずなのに……なんで？　どうしてついていかないの……？』

私の勘は当たっているのかもしれない。やはり今度は私に……そんな不安がわきあがったとき、ジェームズが肩を落とし、力なく部屋の中へと戻って行った。

その様子を見た女は、落ち込むジェームズを嘲笑うかのようにニタと不気味な笑みを浮かべると、ジェームズの背中を卑しい目つきでなめるように見はじめた。

「ヒィイヒィイヒィ……」

甲高く下品な笑い声を発した女は私に目もくれることなく、彼の後を追うようにしてスーッと部屋の中へと入って行った。

『どうして……何でジェームズのところに……』

目立たないように恐る恐る二人の後を追った。

テーブルの陰に隠れて様子を窺《うかが》うと、ジェームズは電気も点《つ》けず、窓から差し込む月明りだけの薄暗い部屋の中に立ち、マリアと愛し合ったベッドをただ呆然と見つめていた。

不思議なことに、部屋中見渡してもあの女の姿はどこにもない。

『どこに消えたの……？』

そしてジェームズは、失恋の痛みを受け入れるかのようにそっと目を瞑ると、気力をなくしたままドサッとベッドに倒れ込んだ。

『あっ……！』

驚きのあまり心臓が縮んだ。

立っていたジェームズの陰に隠れて見えなかったが、そこには確かにあの女がいた。頬を高くして不気味な笑みを貼りつけたまま、枕に顔を埋めたまま眠ってしまったジェームズのことを見下ろしている。

『何する……気……？』

胸騒ぎがしたその瞬間《とき》、女は笑うのを止めギョロリと大きく目を見開いたかと思うと、地獄の底から湧き上がるような生気のない唸《うな》り声を一声発し、両腕を上げてジェームズの背中に勢いよく覆い被さった。

『キャッ……！』

それは一瞬の出来事だった。女がジェームズに重なった瞬間、ドクンという鼓動の音と共に女の姿がブレてぼやけた。その瞬間、別の人物に姿を変えた。

それは、男だった。

今の今までそこにいた女とは似ても似つかぬ背格好のその男は、ジェームズの背中からゆっくりと身体を起こすと、ジェームズを見ずに虚《うつ》ろな目で天を仰いだ。

嫌な予感は当たっていた。マリアに憑りついていた色情霊が、今度はジェームズに乗り移ったのだ。

『こんなことって……』

それは、これまで見た中で最も厄介な色情霊だった。

人間と同じ姿をしているものの、まるで目くらましのように次々と容姿を変える。ある瞬間は女に、またある瞬間には男に変わっている。つまり、憑りつく人間は男女どちらでもいいのだ。その性別に合わせて、この霊も姿を変える。

『あり得ない……！　でも、このひと……』

初めて見る霊の姿に動揺したが、よく見ると、この男もまた、先ほどまで見えていた女と同じくちぐはぐな格好をしている。

決して容姿が良いとは言えず、実際よりも優れているかのように自分を取り繕って見せているようだった。

無論、彼らは私のように霊視の力がある者にしか見えることはないのだから着飾っても仕方ないと思えるのだが、彼らにそんなことは関係ないのだろう。生前の欲求が満たされなかった、その心情は、生きている人間には計り得ない。

つぎはぎだらけの人形のような彼らの姿は、恐ろしくもあり、そして、どこか哀しくもあった。

『ジェームズにまで……どうして？』

考えるよりも先に、私の口は動いていた。

声に気づいた男はゆっくりと視線を動かして私を見た。男は顔色ひとつ変えず、鳴り響く梵鐘《ぼんしょう》のように威圧的な低い声で淡々と語り出した。

「……私と彼女の魂は、行き場を無くして、彷徨《さまよ》っていた。そしてある時、偶然にも、一人の人間に、同時に憑りついてしまったことで、私たち二人の魂は、二つで一つの存在となった。心が弱っていたり、隙がある人間には、憑きやすい……すなわち、恋人を失ったこの男の体は、今度は、私のものになる」

『何を言ってるの？　マリアとジェームズは、あなたたちのせいで別れたのよ！』

私は自分の意に反し、またしても声を上げてしまった。この男は悪霊だ。しかも二人分の魂を持っているのだ。

しまったと思ったが、男は悪びれる様子もなくこう続けた。

「一人の人間に、憑き続けても、二人分の魂を満たすことは、できない。だから、乗り移る。波長の合う人間がいれば、逃すわけはない。そして、今度はその人間を、とことん、傷つければいい。その、傷ついた心の隙に、入り込むのだ」

『それじゃあ……最初からジェームズのことを狙ってたの？　だから彼が傷つくように仕向けたの？』

「……相棒は、マリアの体を利用し、十分、楽しんだようだ。だから、今度は、私が楽しむ番だ。ジェームズは、一途な男だ。真面目で愛情深い人間ほど、裏切られると、傷つくだろう。あの女の最も近くにいた人物が、それだったとは、私も、運が良かったというものだ……」

私は怒りで震えていた。他人事とは思えなかった。私の両親も、父親の心変わりによって離別したのだから。

この色情霊は、憑りついた人間にわざと浮気をさせて、生前の欲望を満たすだけでなく、死後の世界においてその欲望を永遠に満たし続けることができるよう、傷心する人間を増やしては乗り移るということを繰り返しているのだ。

両親の離婚の原因に霊的な存在が関係しているのかはわからない。けれど、彼らのような霊が存在していることは事実だ。

『あんたなんて、いなくなればいい……！』

そう叫んだ瞬間、男はニタッとおぞましい笑みを浮かべた。

『消えろ……！』

両目から自然と溢れ出す涙を断ち切るように、感情のまま、ナイフのような鋭い叫びを男目掛けて勢いよく放った。

しかし、その声は虚《むな》しく空を切り、一瞬で視界が真っ白になった。

＊　＊　＊

「あの浮気男、一体何人の女とヤッてたのかしら。考えただけで虫唾《むしず》が走るわ！」

現実の世界に戻った私はエリカの愚痴の続きを聞きながら、ジェームズについて考えていた。

彼は色情霊によって、浮気をするように仕向けられてしまったのではないだろうか。マリアへの一途な愛を見た私は、ジェームズの誠実さを否定することなどできないと思った。

そう考えると、今度はエリカが心配になったが……彼女は強い女だ。恋愛にもタフだし、ジェームズと別れたからといって塞ぎ込んでいるわけではない。

〝経験の多さは女子力の高さと比例する〟というエリカらしい考え方は以前から変わっていない。現にジェームズと別れた後も、更なる男性遍歴の更新に熱意を燃やし続けている。とは言え、どれも本当の意味で深い関係を築くまでには至っていないようだが……。

「エリカは、大丈夫よね……」

色情霊が入り込む隙など無いだろう——私の不安が消えかけたとき、エリカがグラス片手に吐き捨てるように言い放った。

「Fuckよ！　Fuck！　……ああ。また言っちゃった」

「いつも口にしてるじゃない」

「ちがうのよ。ジェームズのせいなの。あいつと付き合うまで、Fuckなんて言葉、口にしたこともないわよ」

「そうなの？」

エリカは、口ではジェームズのことを最低だと言っていても、彼に夢中だった頃の自分が未だ身体に染みついて離れないようだ。

「でもエリカ、洋画は字幕なしで見るって言ってたし、外国人の友達もたくさんいるじゃない。自然と英語が出てくるのはそのせいよ」

慰めるつもりで言ったのだろうが、カオルコはいつも、みんなと少しズレているところがある。いわゆる、天然なのだ。

「いや、そういうことじゃないでしょ。Fuckってのはクソ！　とか、くたばれ！　とかそういう、汚い言葉じゃない。そんなこと以前は言わなかったのに、ってことでしょ？」

サエはエリカの気持ちを代弁したつもりだったが、エリカは満更でもない様子で答えた。

「……字幕なしで洋画を見られるようになったのは、勉強したからよ。ジェームズに振り向いてほしくてね。彼の友人たちが集まるパーティーにも何度も行ったし、外国人の友達がいるのはそのせいよ。英語を自然に話せるようになりたくて。今思えば、全部ジェームズのためにしたことよ」

「そういえば、去年のクリスマス、みんなでプチパーティーしたじゃない？　エリカにしては珍しく手料理振る舞ってくれて……ほら、なんてったっけ？　アメリカの家庭料理だとかいう……もしかして、あれもジェームズのために？」

「ミートローフ。そうよ。習いに行ったの。ジェームズの故郷の料理、作れるようになりたくて」

意外だった。

恋愛にはタフなエリカが、相手に尽くしたいと思うほどの恋をしていたなんて。サエとカオルコも、私と同じ気持ちだろう。

「そうだったの……。でもエリカ、努力家じゃない！　デザイナーとして活躍してるのがその証拠。ジェームズとうまくいくために、随分頑張ったのね。尊敬するわ」

カオルコが同情を寄せると、エリカが慌てて言った。

「もう、しみったれた話はこれでおしまい！　次は？　私よりもっとサイテーな恋愛した人いないの？」

――その時だった。

私は確かに、女の色情霊から漂っていた、あの甘ったるい香水の匂いがすることに気づいた。けれど、あれは霊視の中での出来事であって、今この場所で同じ匂いがするはずはない。

「誰かいないの？」

エリカが再び呼びかけたとき、私は息を呑《の》んだ。

匂いの根源は、エリカだ。私は思わず、

「エリカのつけてるその香水って……」

聞いてしまった。脈絡のない質問に、三人は一斉に私の方を見た。

「え？　香水？　何もつけてないわよ。香水はなんか苦手なのよね」

それを聞いて確信した。エリカから時折かすかに香るこの匂いは、彼女のお気に入りの香水だとばかり思っていた。だが実際は、あの女の色情霊が、ジェームズからエリカに乗り移ったのだろう。

あらためて彼女を見ると、ノイズのようにあの女の姿が重なり揺れる。私は再びこの悪霊への憎しみを感じて頭にピリッと痛みが走った。それを和らげるように、こめかみを押さえながら考えた。彼女が三年間、様々な男性と付き合っても本当の意味で深い付き合いができないのは、この霊が邪魔しているからだろう。

「何とかしなきゃ……」

私がエリカを救う方法はないか頭を悩ませはじめたとき、今度はカオルコが語り出した。

第三話　カオルコ

カオルコがそれを経験したのは、三十歳の春だという。

お嬢様育ちのカオルコは、生真面目で一途な性格ゆえエリカとは正反対で恋愛経験は少なかった。

中学時代にできた初めての彼氏とは手を繋《つな》ぐことすらできないまま、たった一週間で破局したという。その彼を含めても、これまで付き合った男性は三人だけ。最後の交際履歴が二年前。つまり、二年前に最悪の恋愛をして以来、交際履歴は更新されていないのだ。

その元彼とは、英会話講師の仕事を通じて知り合ったらしい。相手の名前は晴彦《はるひこ》。当時三十三歳の会社員で、カオルコの生徒だったたという。

小柄な割にポッコリと突き出たビール腹を抱え、色白で丸みを帯びた地味な顔を隠すように、いつも黒縁眼鏡をかけていたという。

冴《さ》えない男だったが、カオルコに夢中で浮気の心配は一ミリも感じさせないひたむきで優しいところに惹《ひ》かれたそうだ。

「正直、外見はタイプじゃなかったわ。でも、彼の熱意を感じて、きっとこれから好きになる予感がしてOKしたの。初めの頃は、何でもない日を〝記念日〟にしてくれたのよ。『初めて二人でランチした記念』とか、『初めて二人で買い物した記念』とか。そのたびに花束をプレゼントしてくれたわ」

「デートのたびに花束？　まるで漫画の世界ね。やるじゃない」

エリカがそう言うと、カオルコは少し顔を曇らせて続けた。

「それが……もちろん嬉《うれ》しかったのよ？　でも……女性と付き合ったことがあまりなかったみたいで、いまひとつ女性の扱いに慣れてないというか……愛情の表現が独特というか……」

「独特って、例えば？」

「……雨の日にね、仕事が終わって会社から出たら、彼が待っていてくれたの。でも彼、傘も差さずにずぶ濡《ぬ》れで立ってたのよ。『どうしたの⁉』って聞いたら、『僕の気持ち、伝わった？』って……」

「え？　どういうこと？」

「それで私、ちょっと怖くなっちゃって。だってまだ付き合って日も浅かったし、何かの記念日でも何でもなかったのよ？」

「それってつまり……」

「〝ずぶ濡れで何時間も待てるほど君を愛してる〟そう伝えたかったんだと思うの」

「うわぁ……それはドン引きね」

「それくらいならまだマシよ」

三人が苦い顔で聞いていると、カオルコが声を潜めて言った。

「……初めて彼の家に遊びに行ったときにね、机の上に、空っぽの小瓶が置いてあったの。でもよく見たら中に、長い髪の毛が入ってたのよ。それで、『これ何？』って聞いたら、彼、平然と言ったの。『君のだよ。集めてるんだ』って」

「ええ⁉　何それ、気持ち悪い！」

「どこで集めたのかわからないけど、確かに私のだったと思うわ。それから！　たまたま用事があって彼からの電話に出られなかったことがあったんだけど、その時なんて、彼、仕事早退してまでずっと家の前で待ち伏せしてたのよ」

「急用だったんじゃないの？」

「ううん、用事なんか無いわよ！　いつでも電話に出られるようにって、彼専用の携帯電話をわざわざ買って持ってきたの！」

「それじゃまるでストーカーじゃない！」

「シッ！」

エリカが声を荒らげて言うと、すかさずカオルコが人差し指を口の前に衝《つ》き立て、警戒しながら周囲を見渡した。

「……何よ？」

「あ、ごめん……彼のこと話してたら、付き纏《まと》われてた時のこと思い出しちゃって」

二年前に終わったはずの出来事に未だ恐怖するカオルコを見て、三人はいよいよ本気で心配になった。

「それだけしつこい男と、どうやって別れたのよ？」

「……何とか良い関係を保とうと努力したのよ？　でも、やっぱり私には彼の気持ちが重すぎて。『終わりにしましょう』ってはっきり言ったの。でも彼、目が据わったまま遠くを見てるだけで、何も言わないのよ」

「そんなの、着信拒否でも何でもして無理やり終わらせればいいのよ！」

「待って。まだ続きがあるの。……そのあと、彼が震えながら眉を吊《つ》り上げて物凄《ものすご》い顔で睨《にら》んできたの。『怖いな』と思っていたら、ギュって結んだ唇の端から、血が流れ出したのよ……！」

「え⁉」

「何それ！　何で？」

「それから、『君は僕を殺す気か』って、それだけ言うと怒ってどっか行っちゃった。あの血は……自分で口の中を思い切り嚙《か》み切ったんだと思うわ……」

幸運にもその手の男性とは縁がなかった三人にとって、カオルコから聞く晴彦はあまりに常軌を逸していたため言葉を失った。

「……その男、ヤバいね」

「でもね！　その後すぐに彼の転勤が決まって。かなり急な決定だったみたい。転勤先が海外だったのがよかったわ。彼と付き合ってから、一ヶ月もしないうちのことよ」

「今はもう何ともないのよね？」

「うん。スクールに来てる晴彦さんと同じ会社の人から聞いたんだけど、彼、今も海外にいるみたい。でももう連絡がくることは無くなったわ」

三人はホッとした。

しかし、問題は解決したはずなのに、カオルコの表情は硬いままだ。

「何ていうか……私、恋愛に向いてないのかな？　晴彦さんと別れた後も、いい感じになった男の人は何人かいたんだけどね……」

カオルコが再び語り出すと、私の耳から彼女の声が徐々に遠のき、むせるような冷たい暗雲が立ち込める霊視の中へと入っていった。

＊　＊　＊

ここは商業施設の一角だろうか、ヨーロッパの街並みを彷彿《ほうふつ》とさせる美しい建造物が、人工的な街を作り上げている。

お洒落《しゃれ》なカフェや雑貨屋が軒を連ねる中、その街並みを彩るように建っていたのは、小さな生花店だった。美しく咲き誇る花々は店の外にも溢《あふ》れ、私は思わず見とれてしまった。

すると、店内から客らしき女性が、花束の入った袋を提げて出て来た。

その後に続いて来たのが、淡いブルーのエプロンをつけ、長い髪をひとつに纏めた若い女性――カオルコだ。

「ありがとうございました！」

カオルコは笑顔で客を見送ると、外に陳列してある花々の世話に取り掛かる。

これは、カオルコの過去だろう。英会話講師になる前に、花屋でアルバイトをしていたという話を聞いたことがあった。

『カオルコ……若いわね。可愛い』

霊視の中だということも忘れ、物珍しくその姿を眺めていると……ふと、数軒隣のカフェのテラスでコーヒーをすすっている男性の姿が目に入った。

白のYシャツにベージュのチノパンという出で立ちの男は、どこにでもいる普通のサラリーマンのように見える。しかし、彼は何をするわけでもなく、一点をただひたすらに凝視しているのだ。

私は何となく彼のことが気になり、視線の先に目をやった。

そこにいたのは、カオルコだった。

私は見間違いかと思い、もう一度彼とカオルコを交互に見たが、やはり、男が見つめているのはカオルコで間違いないようだ。

『知り合い……かな？』

そう思った時、男性がいるカフェの店員たちが、小声で話しているのが耳に入ってきた。

「あの人、またいる！」

「これで何日目？　もう一ヶ月くらい毎日来てるわよね」

「しかも一杯で、何時間も！」

「この前テラス席がいっぱいの時があったんだけど、『満席です』って言ったら、震えながら眉吊り上げて物凄い顔で睨んできたの！」

これ以上ないほど怪訝《けげん》な顔で男性を見ながら、店員は続けた。

「『お待ちになりますか？』って言ったら、無言で出ていってテラス席が空くまで三時間くらい店の前でずっと待ってたのよ！」

「こわっ！」

「そうよ。それに来たって時たま不気味な笑いを浮かべてただボーっとしてるだけだし」

「ヤバいね……」

その会話を聞いた瞬間、怖気《おぞけ》が走った。

まさかとは思うが、この男は晴彦ではないだろうか。

カオルコからは、晴彦とは英会話スクールで出逢《であ》ったと聞いたが、彼はそれ以前から彼女のことを知っていたのではないだろうか。

カオルコが就職すると、職場を探し当て、生徒としてごく自然に彼女に接近したのだろう。

『怖い……気持ち悪いわね』

これからカオルコがどんな目に遭うのかわかっているだけに、ゾクリと感じたおぞましさが全身を駆け巡り、私は思わず身を縮こまらせて、自分で自分を勇気づけるように両腕を摩《さす》った。そして目の前が真っ白になったかと思うと、次の光景が現れた。


ここはビルの中の会議室だろうか。六畳程の部屋の突き当りには見晴らしのいい大きなガラス窓があり、窓の向こうには都会のビル群が広がっている。そして部屋の中央にある白いデスクを挟んで向かい合っているのは、カオルコと若い女性だ。デスクの端にある卓上カレンダーの年月を見ると、今から約二年前、晴彦が海外に転勤になった頃であることがわかった。

カオルコの前にはノートパソコンが広げてあり、今まさに身振り手振りで向かいに座る女性に何かを教えている様子だ。

ここは、カオルコが講師を務める英会話スクールのようだ。

『……は、晴彦！　晴彦はどこ？』

新たな状況とはいえ、この霊視に晴彦が関わっていることは間違いないはずだ。

私はすぐに彼の姿を探したが、笑顔で向かい合うカオルコと女性がいるだけで、室内に他に人の気配はない。

『いるはずなのに……』

ふいに、カオルコが椅子に腰かけたまま、オフィスチェアをゴロゴロと後ろにずらしはじめた。デスクからほんの少し離れた床に落ちた物を拾おうとしているようだ。

「あーもう！　よいしょっと……あぁ！　あっちにも……」

「カオルコ先生、横着してる～」

「いいのぉー！」

その瞬間、私は思わず声を上げそうになった。

膝上くらいまでのクリーム色のタイトスカートを履いたカオルコの足が、デスクの下から露《あら》わになった。だがその片方の足には、信じられないものが纏わりついている。

晴彦だ。スカートの下に伸びるカオルコの脚に抱きつき、ふくらはぎ辺りに頬を擦り寄せていた。晴彦は目を閉じて恍惚《こうこつ》の表情を浮かべながら声にならない声を発した。

「……んん……ンハァ……」

身体を地面に座らせたまま、カオルコにしなだれかかっていた。こんなことをして許されるのは、恋人かペットくらいのものだろう。晴彦の存在に気づくはずもなく笑顔を浮かべるカオルコには、目も当てられなかった。

カオルコによれば、晴彦はこの頃には、海外にいたはずだ。いま霊視で見ている世界は、卓上カレンダーの年月が示しているように、彼が海外に転勤したあとであることに間違いないだろう。物理的にカオルコに近づくことが難しくなったために、霊的な存在として彼女の前に姿を現したのではないだろうか。

晴彦の執念を感じ、私は思わず言葉を失った。

カオルコの脚に纏わりついているのは、晴彦の生き霊なのだろう。

『離れて良かったと思ったのに……どれだけ執着すれば気が済むの？　……気持ち悪い！』

声に出さずとも、私の心はそう叫んでいた。

すると突然、晴彦がパチッと目を開いた。視線の先にいた私は、彼と目が合ってしまった。

『……！』

私は反射的にギュッと目を閉じ、今こそ次の霊視に飛んで欲しいと心の底から願った。

けれど、恐る恐る目を開くと、先ほどまでと変わらぬ光景が広がっているだけだった。

相変わらず私を凝視している晴彦の姿を見ながら、私はカオルコを救うために、この忌まわしい状況から逃げてはいけないと思った。

『……カオルコを、どうする気？』

勇気を出して晴彦に問いかけると、しばらくはそのままで、ただ呆然《ぼうぜん》と私を見つめているだけだったが……その内カタツムリのようにノロノロとカオルコの足から離れていき、内股で短い足をズルリズルリと引きずりながら、丸い図体を床に這《は》わせて私に向かい近づいて来た。

『来ないで……！』

私が叫ぶと、晴彦はしょんぼりとして背中を丸め、その場でゆっくり膝を抱えた。

プッチュ　プッチュ　プッチュ……

晴彦は今にも泣き出しそうな赤ん坊のような顔で床を見つめながら、唾でヌルリと光る形の良いぽってりとした薔薇《ばら》色の唇を尖《とが》らせて、何か言いたげにチュパチュパと音を立てている。そしておもむろに左の頬に片手を添えると、頬の真ん中にあるプクリと盛り上がった不格好なホクロをボリボリと掻《か》きはじめた。

『うっ……』

その姿に、私は生理的に受け付けない気持ち悪さを感じ、全身に立った鳥肌が治まらなかった。

それはまるで、塩をかけられたナメクジのような、叱られた後の子どものような、何とも言えない成人の男の姿だった。

『……もう一度聞くわ！　カオルコをどうするつもり？』

責めるように問いかけると、晴彦はホクロを掻く手を止めた。ゆっくりと上目遣いで私を見上げ、目を泳がせながらしどろもどろになって答えた。

「……ぼ……僕は……ただ……愛している……んです。彼女は……運命の女性《ひと》……なんです……」

『運命って……一目ぼれでしょ？　付き合いだって私の方がよっぽど長いわ。大体あなた、カオルコの何を知ってるの？　あなたのせいで、あの子は――』

私がそう言いかけたとき、晴彦はヒステリーを起こしたのか、先ほどにも増して激しくホクロをボリボリと掻きだし、鼻を鳴らしながら何か言いたげにチュパチュパと再び口を動かしはじめた。唾液で艶めいた女性のような唇をあらためて見ると、再び全身に鳥肌が立ち、私はそれ以上言葉が出てこなかった。

「……ぼ、僕の……ママは……僕に……厳しかったっ……とても……あぁ……ふぁ……ふぅ……」

『何？　何が言いたいの？』

「……」

晴彦の煮え切らない態度に、私は気持ち悪さよりも先に怒りで頭の中がいっぱいになった。

『ちゃんと聞くから。話して？』

自分を落ち着かせるように言うと、晴彦は続けた。

「カオルコさん……は……僕の…………ママ……だもの……」

『カオルコはあなたのママじゃないわ。第一、彼女優しいじゃない』

「…………初めて、カオルコさんを見た……とき……ママに……そっくりで…………本当に……驚きました……」

これには私も驚いた。晴彦の母親とカオルコに共通するものなど無いと思ったが……まさか、見た目が似ていたとは。考えもしなかった。晴彦は二人の容姿は瓜二つ《うりふた》だという。

「……カオルコさん……綺麗《きれい》な……花……に囲まれて……優しい……笑顔が……」

そう言いかけて、晴彦は言葉に詰まった。そしてすがるような目でこちらを見つめ、

「ぶぉ、僕も……ママ……に……優しく……して欲しかっ……た……あい、あいして……愛して欲しかったんだっ！　…………うぉーん！……うぉーん！」

あろうことか、晴彦は顔をクシャクシャにして大声で泣き出した。

『ちょ、ちょっと！　なんであなたが泣くのよ！』

「ぐすんっ……ぐすんっ……カオルコさーん……ママー…………うぉーん！」

大きな身体で小さな子どものように泣きじゃくる晴彦の姿は、あまりにも不快で見るに堪えなかった。

『もう、やめて！　そんなにママが恋しいなら、ママのところに行けばいいじゃない！』

晴彦はまるで人が変わったように一瞬にして泣き止む。

膝を抱えたまま表情を失くし、一点を見つめ微動だにしない。

「――死んだよ」

思いがけない告白のあと、間髪入れずに話し出した。

「あの人は僕を捨てたんだ、だから天罰が下ったんだ。一人で真っ当に生きていけるようにと厳しく僕を躾《しつ》けたみたいだけど、それもこれも若い男と駆け落ちするためだったんだ。学生の頃、僕が病気で入院したときもあの人は来なかった。あいつは呑気《のんき》に男と旅行に行ってたんだ！　そしてその帰りに事故に遭って死んだ！　息子を捨てた母親には当然の報いだっ……イヒッイヒッ！」

別人のように厳しい顔つきになった晴彦は、血走った眼をさらに大きく見開き怒濤《どとう》のごとく吐き捨てた。

『だからって、カオルコには関係ないでしょ！』

言葉にしてから気がついた。晴彦は、私に似ている。

私も、幼い頃に父が家を出て行った。それからというもの、特に男性に対して人見知りが激しくなった。それは今でも変わらず、男性と上手く付き合っていくにはどうしたら良いか、未だにわからない。

頭にきているはずなのに、胸の奥がチクリと傷んだ。

「あいつのせいで……あいつのせいで僕は女が信じられなくなったんだっ！　……女は縛り付けておかないと……いつでも僕のことだけを想《おも》わせておかないと…………いつかいなくなるか、わからないじゃないか……！」

そう叫ぶ晴彦の身体は怒りで震え、吊り上がった眉の下から舐《な》め上げるようにこちらを睨みつけている。

一瞬でも晴彦に同情した自分が情けなかった。

母の愛情に飢えて生きてきた彼にとって、カオルコは、自分が求める優しい母親像を重ね合わせるのに最適な相手だったに過ぎない。

『私は……あなたを軽蔑するわ！』

晴彦に立ち向かおうと、私は恐れず睨み返した。

すると晴彦は、思いがけない反応を示した。

「…………ブーッ！　……ヒャハハハ！　アヒャヒャヒャヒャヒャヒャ！」

嘲笑うかのように大きく吹き出し高笑いしながら、膝を抱えた身体を前後に揺らしはじめたのだ。

『何がおかしいのよ？』

私が聞くと答えもせず、晴彦は信じられない行動に出た。

笑いながら自身の右頬に五本の指の爪をギュッと食い込ませたかと思うと、力いっぱい下に向かってグーッと下ろしていった。

「イイイイイイー！」

口が裂けんばかりに口角を吊り上げ、歓声とも悲鳴ともとれる奇声を発した晴彦の顔は、まさに狂気一色だった。頬の肉を抉《えぐ》るようにして掻きむしると、傷口からはブチブチブチ！　と音を立てて瞬《また》く間に真っ赤な血がドクドクと溢れ出た。

血が滴り落ちるがままの顔面を私に向けた晴彦の指先には、抉り取られた頬の血肉がこびりつき、毒々しく血にまみれたその手をこちらに伸ばしながら、匍匐《ほふく》前進でズルリズルリと這い寄って来る。

「アヒヤヒヤヒヤヒヤヒヤヒヤ！」

『ひぃ……！』

晴彦から逃れるようにしてあとずさりした。

「ボクがコワイのぉ？」

『こ、来ないで……やめて……』

「イィィーアヒヤヒヤヒヤヒヤ！」

怯《おび》える私を弄ぶかのように、晴彦は肉が削《そ》げ落ちグチャグチャになった頬を高くして、大口を開け笑いながら迫って来る。

「ヒャヒャ……ヒャ……ヒィ……ヒィ…………ほらぁ～早く～。……僕のカラダ……食べて？」

そう言いながら血肉のこびりついた手を更にグーッと伸ばしながら私に迫り来る晴彦は、もうあと少しで私の太股《ふともも》に手が届きそうなくらい接近していた。

『イヤ！』

「アーヒャヒャヒャヒャヒャヒャ！　君ももっと苦しめー。女なんだから。……アヒャヒャヒャヒャヒャヒャ！」

『この……変態っ……！』

身体中の力を振り絞り叫んだ私の身体に、晴彦のおぞましい指先が触れそうになった瞬間、私は体勢を崩してよろけ、その場に大きく尻もちをついてしまった。

ドスンッ
『……痛ぁ』

痛みでギュッと閉じた目を再び開けると、次の光景が広がっていた。

『ハッ……！』

霊視の中で、私は佇《たたず》んでいる。

驚いた——視線の先には、私がいた。

私は一番奥の席に座っていて、順に、サエ、エリカ、カオルコがいて、テーブルを挟んだ向かいの席には、四人の男性がいる。今、私の一番近いところで、カオルコが楽しそうに笑っている。

これは、確か一年ちょっと前にいつもの四人で参加した、合コンではないか。

それなりに時間が経過したあとだろう、全員がほろ酔いで会話を楽しんでいる。

『……この合コン、特に変わったことはなかったはずだけど……』

私が必死で晴彦の姿を探していると、

「お待たせしました」

店員が料理を運んできた。

あらかじめ八人分の小皿に盛りつけられたそれは、海鮮をつかったこの店オリジナルの創作料理で、確か男性たちの誰かが「オススメだよ」と言って全員分頼んだことを覚えている。

しばらくすると、奥の席にいる私の目の前に座っている男性が、皿の中を見てぼやいた。

「あれ？　俺のだけホタテ入ってないや」

「え？　……あぁ。ほんとだー」

どうしようかと皆で話しはじめたとき、彼から一番離れた席にいるカオルコが言った。

「ねぇ！　良かったら私のと交換しない？」

「え？　……いや、いいよいいよ！」

「遠慮しないで！　海鮮は大好きだけど、ホタテだけはどうも苦手で。だから交換！」

「ほんと？　……悪いね。カオルコちゃん、優しいね」

カオルコは初めて彼を見たときから、彼のことを気に入っていた。そして、このことがきっかけで、彼もカオルコとより親しげに話すようになった——そのことは覚えている。

だが、これではっきりとしたことがある。

カオルコがホタテが苦手だなんて聞いたことがなかった。だから当時は、彼に接近するため咄嗟についた嘘だと思っていた。カオルコにしては大胆な行動に出たなと、驚きながら心の中で喝采を送ったことも覚えている。

しかし、その裏では、想像もしなかった事態が巻き起こっていた。

店員がカオルコの前にこの料理の載った皿を置いたとき、彼女が一瞬固まったのを私は見逃さなかった。

「…………ヒコサンみたい……」

カオルコは誰にも聞こえないくらいの小さな声で呟《つぶや》いた。

『カオルコ？』

カオルコの顔からは笑顔が一瞬で消え、少し青ざめたような顔でゴクリと唾をのんだ。

彼女が見つめる視線の先には、皿の上でエビや魚と肩を並べている一粒の大ぶりなホタテがあった。

何の変哲もない、みずみずしく美味しそうな刺身のホタテだ。薔薇色のソースと黒コショウで彩られているのもまたオシャレで、むしろカオルコが好きそうな料理だ。

『ただのホタテのお刺身……だよね？』

不思議に思いながらそれに見入っていると、突然、幻覚を見ているかのような奇妙な感覚に襲われた。

まるで花が開花していく様を早送りで見るように、ホタテの姿が見る見る内に変化していくのだ。

『えっ……!?』

あっという間に元のホタテの姿ではなくなり、表面にプクリと浮かび上がったのは、晴彦の顔だった。

ホタテの形そのものが、色白で丸い晴彦の輪郭と重なり、薔薇色のソースは唇、黒コショウは左頬の真ん中にあるホクロさながらだ。気味の悪いその顔面にはしっかりと、手入れの行き届いていない太い眉と短い鼻、瞼《まぶた》を閉じた両目までもがリアルに浮かびあがっている。

『ウッ！』

吐き気がした。

カオルコにはどう見えているのだろう？　それはわからないが、彼女の表情からして、私が感じているのと同じような嫌悪感をもっているであろうことは確かだ。

すると、ホタテになった晴彦の瞼が、ゆっくりと開いた。ゴマ粒ほどのつぶらな瞳をカオルコに向け、無言でジッと見つめている。

『………ちょ……ちょっと！　なん、なんなの!?　いいかげんにしてよ……！』

皿に向かって私は叫んだ。あまりの気味の悪さと予期せぬ事態に動揺していたせいで、声もろくに出せない自分が情けなかった。

私の声に気づいたのか、ホタテの晴彦の黒目がジロリと私を見た。しかし、すぐにカオルコの方に視線を戻すと、再びゆっくりと瞼を閉じた。そして、真っ赤な唇を前に突き出すと、カオルコに向かって熱くキスをする仕草をした。

——プチュッ
その音を聞いた瞬間、私は卒倒しそうになった。この世の中で、これほどおぞましいモノに出逢ったことはない。

『気持ち悪い……』

目まいがして再び吐き気に襲われたその瞬間《とき》、

「あれ？　俺のだけホタテ入ってないや」

カオルコの気になる彼がひとりごちた。

それを聞いたカオルコは反射的に彼の方を見たあと、すぐに自分の皿へと視線を戻した。

「どうしよう……」

カオルコは小さく呟いた。

彼女はきっと、ホタテの入った自分の分の料理を彼に譲ってあげたかったのだろう。けれど、忌まわしく嫌悪している元カレの顔と重なったものを譲るなんて、失礼ではないか？　と躊躇《ちゅうちょ》しているようだ。

すると、躊躇《ためら》うカオルコの声を聞き、ホタテになった晴彦が両目をカッと大きく開いた。

そして、遠くに座るカオルコの気になる彼の方にギョロリと目を向け、ニヤと不敵な笑みを浮かべたかと思うと、ホタテの中にスーッと吸い込まれるようにして、あっという間に姿を消してしまった。

『うそ……⁉』

皿の上には、元の美味しそうなホタテの姿が戻った。

それを見たカオルコの顔にも、笑顔が戻った。

「気のせいよね！」

カオルコはそう呟くと、気になる彼に「交換しよう」と、ようやく提案できたのだ。

晴彦はなぜあんなことをしたのか？　……私には心当たりがあった。

この日の合コンは、何の問題もなく終わった。カオルコとカオルコの気になる彼も、いい雰囲気だった。しかし、後日カオルコにその後の二人の関係を尋ねると、一度連絡を取ったきりで終わったと言った。

その原因は、カオルコが交換した〝ホタテ入り〟の料理だった。

実は合コンの後、彼は例のホタテにあたり、酷《ひど》い体調不良に襲われたらしい。不調は翌日まで続き、大事な商談をキャンセルせざるを得なかったという。

カオルコは自分を責めたが、「君は悪くないよ」とは言うものの相当落ち込んでいたらしく、以降、疎遠になってしまったというのだ。

このことを思い出し、私ははらわたが煮えくり返った。ホタテになった晴彦は見失ったが、霊視は続いている。この部屋のどこかに、まだ晴彦はいるはずだ。

『出て来なさいよ！』

私の声は部屋中に響いた。だが、楽しそうに会話する自分たちがいるだけで、晴彦は依然として姿を現す気配がない。

『どこよ……？』

苛立ちながら部屋中探して歩き回っていると、

「……んん……ンハァ……」

聞き覚えのある耳障りな声が足元から聞こえた。

『そこにいるのね！』

私はすぐさまカオルコの元へ行き、テーブルを覆っているチェックのクロスの下を覗《のぞ》き込む。

案の定、テーブルの下に身を潜めてカオルコの足に抱き付いていた晴彦は、ビクリとして私の方を見た。

『……あなたね……一体どういうつもり？　彼が不調を起こすように細工したの？　それとも、最初からあのホタテがダメになっているって知ってたの？』

私が一喝すると、図星を衝かれたのか、晴彦は目を据わらせて目前に伸びるカオルコの脚を見つめ、聞こえないフリをした。

『ちょっと！　……もうどっちでもいいわ。とにかく、カオルコの邪魔はしないでよ！』

無言を貫き通す晴彦を見て、私は思った。

カオルコの恋愛事情を思い返すと、私が知っているだけでも、どれもよい結果にならずに終わっている。

深い関係になろうとすると、相手の男性が突然ギャンブルにハマり出したり、エリート銀行員だった人がすべてを投げ出し遊園地で着ぐるみのバイトを始めたり、クラシック好きの人が「ラッパーになる」と言って渡米してしまったり……。

不運なだけだと思っていた。けれど、カオルコの恋愛が上手くいかなかったのは、晴彦の生き霊の仕業だったのではないだろうか……そう思わずにはいられなかった。生き霊に憑《と》りつかれると、運気に深刻な悪影響を及ぼすといわれているのだ。

『どうして邪魔するの？　カオルコを自由にしてあげなさいよ！』

こちらには目もくれず、憧れの女神を愛《め》でるかのような恍惚の眼差しでカオルコの身体を見つめ続ける晴彦の肩に、私は思わず手をかけた。

『ねぇ聞いてるの⁉』

振り向いた晴彦は、ニタリと笑ったかと思うと、私の手の下でヘドロのようにドロドロと溶けだし、周囲の空間もグニャリと歪《ゆが》んで、私はひどい目まいに襲われた。

「うう……！」

＊　＊　＊

次に目を開けると、そこには、ソファで語るカオルコの姿があった。

「ツバサはどう思う？」

「え？　……ああ、うん。晴彦はアマゾンの奥地にでも縛り付けておかないとね」

「へ？　……あ、ありがとう」

カオルコがきょとんとした顔をしている。

エリカが窘《たしな》めるように言った。

「何言ってんのよツバサ。今まで〝寒がりのくせに真冬のデートでマフラー巻いてノースリーブで現れた男〟の話してたでしょ？」

「ああ……そう……だね」

「もうほんとに意味わかんなかったわよ！　私がプレゼントしたマフラーよ⁉」

「というか真冬にノースリーブって……どんな妖怪よ」

サエが苦笑いを浮かべて言う。

ノートを見ると、〝ノースリーブのマフラー男〟について、確かにメモをとっていた。

「寒がりと聞いていたはずの男が、真冬のデートでノースリーブ……そりゃカオルコも嫌になるわよね。晴彦のやつ、嫌がらせをやめる気はないようね……」

私はひとり呟きながら、カオルコから晴彦を引き離す方法はないかと頭を抱えはじめたとき、今度はサエが口を開いた。

第四話　サエ

サエがそれを経験したのは、三十一歳の秋だという。

大都会で十年近くキャリアを積んで医薬情報担当者《MR》として働いてきた彼女は、誰もが認める〝できる〟ビジネスパーソンだ。

大学は薬学や理学ではなく、文系の学部に入っていたが、アルバイトをしていた薬局で、営業に来た医薬情報担当者《MR》の仕事ぶりを何度も見ているうちに、興味を惹《ひ》かれたのだという。製薬会社に入社したあと、猛勉強の末、医薬情報担当者《MR》認定資格を取得した。

短髪で背の高い彼女がパンツスーツで颯爽《さっそう》と歩く姿は、いつも様になっていた。

一人飲みに出かけることもしばしばあるサエには、六本木《ろっぽんぎ》に行きつけのバーがあった。

一人で静かに飲めることも魅力の一つだったが、普段男性から〝友達〟として見られることがほとんどなサエにとっては、ここのバーのマスターである二つ年下の翔《しょう》は、唯一自分を〝女〟として見てくれている——そんな満足感を得られる場所でもあった。

「翔ってね、カッコイイのはもちろんなんだけど、年下でしょ？　もうなんか、弟みたいで可愛いくてさぁ」

サエが絶賛する元カレの翔は、スラッとした高身長の爽やかな好青年だったという。

「茶色く染めた髪も右の耳に光るピアスもよく似合っていた」と語るサエの顔は、まるで好きな男性アイドルのことを話しているようだった。そんな二人が恋愛関係になるきっかけとなったのは、二年前のある夏の日だったという。

サエは休日を利用して、カンカン照りの太陽の下、無心でランニングに励んでいた。

そんな猛暑日にわざわざ街へ出たのには理由があった。

前日に、会社の休憩スペースで後輩の男性社員たちが話していることを、偶然近くを通りかかったサエは聞いてしまったのだ。

「うちの会社で付き合うなら誰？」

「そりゃあ、愛理《あいり》ちゃんでしょー」

「あのコなら喜んで残業手伝うわ。てか同じ部署なだけでラッキーすぎる」

「カワイイよなぁ。ちょっと抜けてるトコとかも。でも彼氏いるっぽいよ？」

「マジ⁉」

「じゃあ、サエさんは？」

「は？　え、本気《まじ》で言ってる？」

「……ないっしょ！　年上でも可愛げがありゃまだいいけどさ〜」

「ババアはキツイわぁ」

「ヒドッ！　……ハハハハハ」

こんな会話を聞いてしまったサエは、その晩独り家に籠ってやけ酒をしても、ショックが消えることはなかった。

翌日、このままではどうにかなってしまいそうだと身を案じた末に、ストレスを発散しようと真昼間からランニングに出たのだ。

ところが、この日の気温は三十七度。一心不乱に走るには、あまりにも暑すぎた。

夜と比べて人気の少ない六本木付近の街の歩道を走っているサエの耳には、周囲の音がどんどん遠く聞こえはじめた。頭がクラクラしてきたせいで焦点が合わず、やがて目の前の景色はピンボケ写真のようにぼやけた。

「ヤバい……」

身の危険を感じたサエは、歩道に面して建っているビルの入口の階段にうなだれるように腰かけた。

「サエさん？」

意識が朦朧《もうろう》とする中、聞こえたのは、馴染《なじ》みのある優しい声だった。

「……ん？」

ゆっくりと顔を上げて見ると、ぼやけた視界の中に、見慣れた浅黒い肌とピアス、茶色い髪が見えて……次第にハッキリと、心配そうに顔を覗《のぞ》き込む、翔の姿が目に映った。

いつも着ているピシッとした制服のYシャツではなく、黒いタンクトップを着た翔の身体からは、普段は服に隠れて見えない首元や両腕が露《あら》わになっている。細身だけれど程よく筋肉がついたその腕は、健康的な色に焼けていて、額や腕に滲《にじ》む汗は彼の肌を艶々と光らせている。

「……しょ、翔くん！」

サエは体調不良を起こしていることも忘れて慌てふためいた。

「ヤダ、こんなところ見られるなんて……」

見られたくない気持ちもわかる。当時のサエの服装は、約十年前にセールで買った実用性重視の趣味の悪い色合いのジャージだったというのだ。

サエはこれ以上恥をかきたくない一心で、汗でメイクがほぼ落ちている青白い顔を両手でバッと覆い隠した。

「大丈夫ですか？　なんか、顔色悪いですけど……」

「いやいや！　全然大丈夫！　ランニングしてたらちょっと疲れちゃっただけ」

「ほんとですか？」

「ほんとよ！　ってゆうか、なんで？　お店、夜からだよね？」

「あぁ。今日は店のメニューの買い出しやら色々あって、ちょっと早く行くんです」

思いがけず彼と会ってしまったことに驚いて気が付かなかったが、指の隙間から彼の両手に目をやると、ペットボトルに入ったジュースやお酒のおつまみが入ったビニール袋が提げられている。

「あッ……なるほどね！　じゃ、じゃあ私もう行くから」

すぐにでも彼の前から去りたい気持ちでいっぱいだったサエは、腰を下ろしていた階段から勢いよく立ち上がった。

「ハァ……」

サエの口からため息ともつかぬ声が漏れ、膝が意志に反してグニャリと折れ曲がった。再び目まいに襲われ頭を抱えて、その場にベタッと座り込んでしまった。

「ちょっと！　サエさんしっかり！」

慌てて手に提げていたビニール袋を地面に置いた翔は、先ほどにも増して心配そうな顔でサエを見つめながら、彼女の背中を摩《さす》った。体調不良による吐き気で、サエは何も答えることができず、その場で蹲《うずくま》るしかなかった。

「ほら。サエさん、俺に乗っかって？」

翔はそう言いながら、タンクトップが汗でベッタリと貼りついている背中をサエに向けてしゃがみ込んだ。

「あぁ……」

サエは翔に促されるまま、彼の背中に身を預けた。

「サエさんって確か、隣町に住んでるんですよね？」

「うん……あそこのジュエリーショップの角曲がって……ずっと行ったとこ……」

「わかりました」

翔はぐったりとしたサエを背負って、サエの家を目指して黙々と歩きはじめた。

火照って温かい翔の体温を全身で感じながら、彼の耳の後ろを流れ落ちる爽やかな汗の匂いに、サエはそれまで感じたことがないほどの安心感を覚えた。

「…………ねぇ。私って……オバサン？　可愛くない？」

翔の背中に揺られながら、サエは自分でも驚くような質問を彼に投げかけていた。

翔は、暑さと疲れで乱れた呼吸を整えながら、真っ直ぐに前を見据えたまま丁寧に言った。

「……綺麗《きれい》です。とっても。綺麗で、可愛い」

翔は真剣な声で答えると、再び黙々と歩き続けた。

思いもよらない彼の言葉に、サエは思わず口の端が緩んだ。彼が前を向いてくれているお陰で、はにかんで赤くなった顔を見られずに済んだ。

「……ありがとう」

日差しのせいなのか、翔の言葉に胸がときめいたせいなのか、サエは心臓の辺りがじんわりと熱くなるのを感じながら、そっと彼の背中に顔を埋《うず》めた。

〝翔はカワイイ弟のようなもの〟――サエはこれまで、無理矢理そんな風に思い込もうとしていた自分に気が付いた。オバサンだから、可愛くないから、恋愛しても、彼と釣り合うはずはないのだから……と。

でも今は、少しだけ、年齢の差を飛び越えた、恋の予感を感じはじめていた。

翔はサエを家の前で下ろすと、「お大事に。いつでも頼ってくださいね」とひとこと言って、急ぎ足で六本木へと戻って行った。

翔は、自分を〝女〟として見てくれている――この日初めてそう感じたサエは、体調とともに、女としての自信までをも取り戻すことができたのだ。

この日を境に、サエと翔の間には、単なる〝店員と客〟以上の親しみが生まれ、二人の関係は次第に深まり、気づけば恋人同士になっていたという。

そうして季節は、夏から秋へと移り変わろうとしていた。

「翔の何が可愛いってさ、会うたびにね、なんかサプライズしてくれるのよ」

「サプライズ？　どんな？」

心なしか目をキラキラとさせて聞くカオルコに、サエは照れながら答えた。

「いや、そんな大したことじゃないのよ？　私が欲しがってたエルメスのマフラーに似た色の手ぬぐいをくれたり、ピエール・エルメのマカロンが食べたいって言ったら、近所のスーパーぴえ〜るで似たような見てくれのもなか買ってきてくれたり……健気で可愛いでしょ？　憎いことするわよね！」

翔の〝サプライズ〟を真に受けているのか、うっとりとした瞳《め》をして頬を赤らめながらサエは言った。

「それは……確かにある意味サプライズね」

どんなにお金のない男でも、そこまでケチケチされるとさすがに引くと言いたい気持ちを抑え、三人が微妙な表情を浮かべていると、サエは慌てて言った。

「そりゃ、お金持ちじゃないわよ？　ハイスペックなわけでもないし……でも、わざわざ似たものを探してくれたし、あの時は幸せだったかなぁ」

「まぁ、確かに可愛いっちゃ可愛いわね」

「それで、なんで別れちゃったの？」

カオルコが聞くとサエは言葉を詰まらせ、それからゆっくりと話し出した。

「店の経営が上手くいってなかったみたいで……でも最初はほんのちょっとの額だったのよ？」

「お金貸したの？」

「いや……まぁそうね」

エリカに図星を衝《つ》かれたサエは、肩を落として打ち明けた。

「ダメだってわかってたんだけど」

「サエらしくないわ！　いつもはっきりダメなものはダメって言うじゃない」

「ハハ、そうよね。でも翔の話を聞けば聞くほどかわいそうで。彼が困ってるのを知って親切にしてくれたお客がいたらしいんだけど、その人に紹介されたのが、どうやら闇金だったみたい」

「ええ！　それ大丈夫なの？」

「大丈夫よ！　私、稼いでますから。それに自分が困るほど貸したわけじゃないから」

カオルコの心配を吹き飛ばすように笑ったサエは、胸をはりながら言った。

「私なら、男に金貸せって言われたら引くわねぇ……恋愛する気になれなくなる」

エリカが苦い顔をしてそう言うと、サエは慌てて訂正した。

「私から言って貸したのよ。毎日頭抱えてる彼見てたら、放っておけなくて。もちろん返してもらうつもりでね。まぁ、結果的には上手く利用されてただけなんだけどサ」

「あんた面倒見がいいっていうか、しっかりしてるもんね」

「よく言われる。子どもの時から兄弟の面倒見てきたもんね」

サエは人一倍責任感が強い。その性格ゆえ、困っている素振りをみせられると放っておけないのだ。年下のカワイイ彼氏ならなおさらだ。

「そりゃ、私だって金づるになるのはまっぴらごめんよ。恋愛してるんだもん」

「それで、返してくれたの？　お金」

カオルコが聞くと、サエは再び言葉を詰まらせてから言った。

「いや……連絡取れなくなっちゃって！」

「うそでしょ」

おどけてみせるサエとは正反対に、三人は眉をひそめた。

サエによると、ある日突然連絡が取れなくなったのだという。ＬＩＮＥは既読にならず、電話にも出ない……二日経《た》っても変わらぬ状況に焦ったサエは、何かあったのかと心配になり、翔が働く店へと足を運んだ。

店内には、スタッフの男の子が一人いるだけで、他には誰もいなかった。

「あの……翔は……マスターはいる？」

サエが聞くと、男の子は気怠《けだる》そうに答えた。

「いませんけど……マスターに用事ですか？」

「ああ、いや……二日も連絡取れないから、どうしたのかなって心配になって」

「もしかしてマスターの彼女さんですか？」

「……そうよ！」

サエが頷《うなず》くと、男の子は大きくため息をついてから言った。

「マスターはもうここには来ないと思います」

「来ないって……どういうこと？」

「スタッフの女の子を連れて逃げたんですよ。マスターってそこら中に借金してたんでしょ？」

彼はグラスを磨いていた手を止める。

「僕も薄々気づいてましたけど……まさか店の売上も全部持ってくなんて。あんまりですよ。オーナーに言われて仕方なく切り盛りしてるけど……慣れない仕事を押し付けられて、ほんと迷惑してるんです」

信じられなかった。サエは怒りにまかせて泣き叫びたい気持ちを堪えるのに必死だった。けれど、ここで感情を露わにするわけにはいかない。〝年下彼氏にだまされて捨てられたオバサン〟丸出しになってしまう。

「そうなの……教えてくれてありがとう」

サエらしく一言そう告げるとその場をあとにし、二度と店に行くことはなかった。

こうして、翔との恋愛は幕を閉じたのだ。

そのことをメモ書きしていた私の視界からは瞬《また》く間に光が失われ、そのまま、暗黒の渦の中へとどこまでもどこまでも落ちていった。

これまで経験したことがないほどの恐怖を感じ、生きた心地がしなかったが、霊視の中へ辿《たど》り着くことだけを信じて、闇の世界に身を任せた。

＊＊＊

——ここはどこなのだろう。

落下中に気を失ったせいか着地した感覚すら記憶にない私は、ひんやりとした冷たい空気が張り詰めるだけの真っ暗な空間の中で、地面に伏して倒れていた。

『どこに来たの？　私……』

恐る恐る上半身を起き上がらせた私は、暗闇に目が慣れる前に、この場所全体から漂う埃《ほこり》っぽい臭いで思わず顔を歪《ゆが》めた。

ふと振り返ると、地獄のような光景が待っていた。

『……！』

私は思わず声を上げそうになった口を両手で塞いだ。

天井まで埋め尽くすほどの数多《あまた》の霊たちが、死した当時の姿のままで、暗闇の中に所狭しと存在している。青白く見えるのは、暗闇の中にいるからというだけではないようだ。

既に生命の輝きを失っている彼らに血色はなく、空気が抜けたゴム製のボールのように萎《しぼ》んだカラダを、ゆっくりと宙に漂わせている。埃のように不規則な動きで互いにぶつかり合いながら、時折地鳴りのような低い唸《うな》り声や、耳を塞ぎたくなるような金切り声をあげている。

その凄惨な光景が記憶に残ることを拒むように、私は反射的にそこから視線を逸《そ》らした。ひとたび見てしまった彼らの姿は、恐らく一生、私の脳裏に焼き付いて消すことはできないだろう。

リストカットを思わせる無数の傷が赤黒くこびりついた腕の先で、パックリと手首の部分が割れて血肉が盛り上がっている手をダラリと下げたままの少女。首吊り自殺を彷彿《ほうふつ》とさせる、異様に長く伸びきった首をもたげた中年の男性。飛び降り自殺をしたのだろうか、地面に落下した衝撃で頭と顔の半分が潰れたトマトのようにグチャグチャになっている高齢の女性。四肢があり得ない方向に折れ曲がっている若い男性は、走行中の電車か車にでも飛び込んだのだろうか。

その多くは、生前の姿を想像することさえ難しいほどに惨《むご》たらしく、生とはかけ離れた存在が密集し蠢《うごめ》いている様子は、例えようもなく不気味でおぞましかった。

『オエッ……』

我慢できずに嘔吐《えづ》いてしまった。これほど多くの霊を一度に見たのは初めてだった。

霊視の中から逃れたい気持ちでいっぱいだったが、ここに来たのには何か理由があるに違いないと信じ、弱った身体に鞭《むち》打って立ち上がると、サエの姿を必死で探した。

『サエ……サエはどこ⁉』

暗闇に目が慣れてきた私は、漂う霊たちの下の方に見慣れたハイヒールを履いた二本の足が地面に立っているのを見つけた。

『サエ⁉』

サエの姿を見逃すまいと目を凝らして見ると、霊たちが漂っている僅かな隙間から、暗闇の中に立ち尽くすサエの姿を捉えることができた。

『サエ！』

ようやく見えたサエの表情を見て、私は違和感を覚えた。

魂を奪われたかのように生気を無くしたサエの目からは、一筋の涙が流れている。それは今まで見たことがないサエの姿だった。

この霊たちは、サエに憑依《ひょうい》しているようだ。憑依する霊の中には、頼ってくる形で憑く霊もいる。


――私だって、本当は甘えたいのに。

どこからともなく俄《にわ》かに聞こえたその声は、紛れもなく、サエの声だった。

『え？』

思わず振り返った先では、小学校高学年くらいの女の子が、窓から差し込む暖かな陽《ひ》を浴びながら、ティーン誌を広げたローテーブルの前に座っている。子どもの頃、私も愛読していた雑誌だ。

　女の子は彼女の部屋らしきその場所で誌面を眺め、背中まで伸びた自分の髪を触って流行のヘアスタイルを真似ているようだ。テーブルの端に置いたスタンドミラーを覗き込みながら、女の子は気分良さげに鼻歌を歌っている。

『サエ……だよね』

　私は独り言のように言いながら、鏡越しにその子の顔をまじまじと見た。子どもらしく無邪気に笑うその顔には、確かに、サエの面影があった。

　これは、サエの過去のようだ。

　新たな霊視の場面とはいえ、子ども時代の、穏やかでゆっくりと過ぎていく時の流れは、どこか懐かしい。ほのぼのとした気持ちになった私は、自ずと微笑んでいた。

『サエ………ん？』

　よく見ると、広げた雑誌の片面の上に、一枚の写真が置かれている。

　その写真には、顔を赤らめ照れ隠しのように口をギュッと結んでピースしているサエが写っている。その隣では、彼女と同い年くらいの男の子が真っ白な歯を見せて笑いながら、同じくピースしている。

『サエは、この男の子が好きなのかな……おませさんだなぁ』

　可愛らしい幼少期のサエを見て和んでいると、

「ただいまー」

ほどなくして、階下から大人の女性の声がした。

それから数秒後、

「キャアー！」

同じ女性の声で、家中に響き渡るほどの絶叫が聞こえた。

「お母さん⁉」

サエは髪を触っていた手を止め立ち上がると、すぐさま部屋を出て小走りで階段を下りて行った。私も後を追うように続いた。

バタバタと廊下を走って行ったサエの足は、お風呂場の前で止まった。

「あっ……」

開きっぱなしになっているお風呂場の扉の向こうを見て、サエは絶句している。私はサエの背後から、彼女の視線の先に目をやった。

お風呂場のタイルの上には、幼稚園児くらいの小さな男の子が仰向けに横たわっている。服を着たまま全身びしょ濡《ぬ》れになっているその子はまるで眠っている様で、微動だにしない。浴槽に張った水で遊んでいて溺れたのか、手には水遊び用の小さな玩具《おもちゃ》が握り締められていた。

「雅人《まさと》！　雅人！」

深刻な顔で男の子の身体を揺すっているのは、母親だろう。

『……サエの弟？　死んじゃったの？』

私の言葉を遮るように、母親はサエを見て語気を荒げた。

「サエ！　雅人の面倒見てててって言ったでしょ⁉」

厳しく咎《とが》められたサエが心配になり、私は様子を窺《うかが》った。サエはどうしたら良いのかわからないようで、オロオロしながら目に涙を溜《た》めた。

その時だった。

「ケホッ！　ケホッ！」

男の子が激しく咳《せき》をしながら、うっすらと目を開けた。意識が戻ったようだ。

「雅人！　………………あぁ……良かった……」

母親は安堵の表情を見せ、男の子を優しく抱き締めながら言った。

「……やっぱりダメか。サエを頼りにしたのがいけなかった」

私はサエの身体が一瞬固まったのを見逃さなかった。

彼女が心にグサリとナイフを突き立てられたかのように大きなショックを受けたことは、彼女の表情を見ただけで痛いほど伝わった。

それからサエは、涙を流しながら絞り出すように言った。

「ごめんな……さい……」

私はサエがいたたまれなくなり、すぐにでも優しい言葉をかけてあげたかった。

すると、サエは泣きながら、弱々しい足取りで廊下を戻りはじめた。

私は彼女が気掛かりで、背後からそっと見守るように後を追った。

サエは元いた部屋のテーブルの前で膝を抱えて蹲《うずくま》り、そのまましばらく静かに泣き続けた。

『……あなたまだ子どもなんだし……仕方ないよ……』

彼女に聞こえるはずもないのだが、声をかけずにはいられなかった。

バッ！

サエが突然、顔を上げた。私の声が届いたのだろうか。

『あッ、サエ！』

ところが彼女はこちらには目もくれず、何かを決心したように立ち上がると、傍《そば》にある勉強机の引き出しをガッと一気に開けて中から何かを取り出した。

サエの手に握られているのは、工作用のハサミだ。

『……！　何する気⁉』

私は思わず聞いた。

サエはテーブルの前に座り、ハサミを片手に、もう片方の手で広げてある雑誌をバサッと勢いよく払い除けた。雑誌はグシャリと床に落ち、サエと男の子のツーショット写真もどこかへ飛んでいってしまった。

殺風景になったテーブルの真ん中にスタンドミラーを移動させると、サエは鏡に映る自分を見ながら、空いている手で自身の長い髪を一束掴《つか》み、ピンと伸ばした髪の横に大きく刃を広げたハサミを構えた。

『えっ！』

恋の予感や年頃の女の子らしい楽しみが詰まった美しい髪の運命を悟った私は、ハサミの刃が彼女の髪に入るのをどうにか食い止めたい一心で、サエの傍へと駆け寄った。

——シャキッ
私の目の前で、豊かに伸びたサエの長い髪が、ハラリと床に落ちていった。

鏡に映るサエの目は、決意を秘め鋭く光っている。その目からはまだ、静かに涙が流れていた。けれど彼女が泣き声を漏らすことは、決してなかった。

迷いなくザクザクと切り落とされていくサエの髪の毛で、辺りの床は真っ黒に染まった。

あっという間に見違えるほど髪が短くなったサエの目には、もう涙は流れていなかった。

短髪で凛《りん》としたその姿は、私の知っているサエそのものだった。

「……………あたしのバカ。あたしは、〝しっかり者のサエちゃん〟だもん。あたしがみんなを守るんだもん」

鏡の中の自分に言い聞かせるように、小さな体のサエは誓った。

——サエは髪伸ばさないの？

——昔からずっとこうだから。短い方が楽なのよね！

サエと出逢《であ》って間もない頃に彼女と交わした会話が頭をよぎる。

彼女は、頼られることを誇りに思っているのだ。

自分を犠牲にしても人から信頼を得るということは、サエにとってのプライドなのだ。

彼女の短髪はその証《あかし》なのだと、霊視を通して初めて知った。

こうして幼い頃に根付いたサエの使命感は、四人の弟たちの面倒をみていく中で着々と育まれていった。そのためいつしか勝気な性格が板につき、逞《たくま》しくなっていったのだろう。

頼られたり甘えられたりすることも多く、放っておけず、彼女なりの正義感からたいていの場合それに応じてしまう。

どうやらサエはその家庭環境ゆえ、人格が形成されていく段階で、憑依されやすい体質になってしまったらしい。

再び霊たちの唸り声が聞こえてきたかと思うと、目の前には先ほどと同じ暗闇と、サエを取り囲む霊たちが漂うおぞましい光景が戻った。彼女が抱える霊たちから受けている影響は尋常ではないほど危険だと感じ取った私は、思わず声を上げた。

『サエ！　しっかりして！　どうしたのよ⁉　ねぇ、サエ！』

私の声は虚《むな》しく闇に紛れて消え、サエは変わらず呆然《ぼうぜん》自失としたまま涙を流し続けている。

一刻も早くこの状況からサエを救い出したかった私は、憑依した霊たちが邪魔する視界の先にいる彼女に向かって力いっぱい叫んだ。

『ここはサエのいるべき場所じゃないわ！　早く気づいて！　ねぇお願い！』

その瞬間、霊たちの動きがピタリと止まった。

『へっ？』

突然の出来事に呆気《あっけ》にとられたが、すぐにその理由《わけ》を知ることになった。

サエのまわりにたむろしていた霊たちは、その目をゆっくりと、けれど確実に、私の方へ向けはじめたのだ。

『……ハアッ！　……ハアッ！　……』

恐怖のあまり呼吸が浅くなり、私の足は自然とあとずさっていた。

『サエはどうしちゃったの？　ここは一体……』

訳も無く胸騒ぎがした。

サエを救えるのは、私しかいない。意を決して、サエの近くまで駆け寄った。

見上げると、数多の霊たちが私とサエの間に立ち塞がる。私を見下ろし、居場所を奪うことを許さないかのように、見る見る内に眉間に皺《しわ》を寄せギョロリと目を向けて睨《にら》みつける。

『うっ……！』

背筋に走った戦慄が私の足をとらえ、意思に反してガタガタと震えだした。恐怖を打ち消すように、勢いよくサエの身体にバッと手を伸ばした。頭の先までゾワッと粟立《あわだ》つのを感じた。

自分でも驚くほど大胆に差し伸ばした腕は霊たちのカラダをすり抜け、腿《もも》の横にダラリと下ろしたままのサエの手をギュッと掴んだ。

『熱いッ！』

サエの手は炎の中で熱した鉄のように、飛び上がるほど熱かった。

私は反射的に握った手を離してしまった。

＊　＊　＊

その瞬間、私は『ブレ・アムール』に戻っていた。

サエは、私が霊視の中へと入る前と変わらず、ドリンク片手に恋愛のあれこれを語り続けている。いま見た霊視の世界は何だったのか……。

答えが見つからない悔しさと、友を救うことができなかった歯痒《はがゆ》さとで悶々《もんもん》としながらも、あることが心に引っかかって離れない。

サエの手を摑んだ瞬間、かすかに聞こえた心の声が、ますます私を悩ませる。

——ここにさえ、来なければ——

あの場所は一体どこなのか？　サエはなぜあれほどまでに身体が熱く、我を失い涙を流していたのか？　そして、彼女が私に伝えたかったこととは……。

胸の内で頭を抱える私をよそに、語り終えたサエがいたずらっぽい笑顔を向けて言った。

第五話　ツバサ

「で？　ツバサ、あんたはどうなのよ？」

「そうよ。ツバサの話も聞きたいわ」

「ツバサも過去最低だった恋愛話あるんでしょ！」

三人の恋愛事情を聞き終えたところで、今度は私に好奇と期待の視線が向けられた。

私には、十一年ほど前に知り合い文通を始めた、希《のぞみ》という女友達がいた。今どき手紙でやり取りをするなんて時代遅れのように思えるが、これにはちゃんとしたきっかけがあった。

私は当時、脚本家としての腕を磨くため、『ツバサ』というペンネームで、シナリオ投稿サイトにときどき自分の書いた作品を投稿しては、それに対する批評を読んで執筆の糧にしていた。そこに投稿した恋愛話の取材を基にして書いた作品がたまたま希の目に留まり、感想を書いた手紙を投稿サイトの編集部経由で私に送ってくれたのだ。

希は私が返した手紙にも丁寧に返事を書いて送ってくれたため文通は続き、月に一通、多いときには三通ほど手紙を送り合う仲になっていった。もちろん、メールでも良かったのだが、簡単に交流できる時代だからこそ、〝手紙を書く〟ということが私たちには新鮮で、どこか心地良かった。

手紙によれば、希は私と同い年だという。書いてある内容は、主に好きな映画やドラマの話だった。中高生の頃に流行ったラブコメディーやホラー映画の話で盛り上がり、あの脚本はどうだとか、あの台詞が良かったとか、かなりニッチな話題で盛り上がっていたと思う。

文通を始めて三カ月ほど経《た》った頃だろうか、私はその日も希に手紙を書こうと、いつものように机に向かった。

ペンケースから黒のボールペンを取り出したとき、もうインクがほどんど無いことを思い出した私は、ボールペンの代わりに、普段は取材をするときにしか使うことのない母の万年筆を手に取った。

一週間ほど前に希から届いた手紙を読みながら、好きな映画やドラマについて綴《つづ》ったあと、私は手紙を書く手を止めた。希にしては珍しく、〝いま好きな人はいますか？〟という、プライベートな質問が書かれていたからだ。

私には当時、密《ひそ》かに想《おも》いを寄せていた男性がいた。

彼の名前は近藤達也《こんどうたつや》。当時働いていたバイト先の高級ホテルで知り合った十歳年上の上司で、パーティー会場で催されるパーティーの仕切り役をしていた。ホールスタッフとして彼の指示のもとで働きはじめて二年になる私は、その誠実な仕事ぶりや爽やかな笑顔に惹《ひ》かれ、いつしか恋心を抱くようになっていた。

けれど、告白する勇気など出せるはずもなく、いつも仕事上必要な会話をするだけで精一杯だった。そしてこの想いは誰にも打ち明けることなく、自分の心の中だけに留《とど》めておいたのだ。

「好きな人……か。希にならば、話してみようかな」

私は希に打ち明けることにした。本当は、誰かに聞いてほしかったのかもしれない。

〝――好きな人は、います。アルバイト先の上司の、近藤さんという人です。〟

思い切って書いた、その時だった。

まるで催眠術にかかったかのように全身から一気に力が抜けていき、私の瞼《まぶた》は自然と閉じられた。それまで経験したことがないほどに心地よく、眠りにつく直前のリラックスしたような状態になった私の頭は、あれこれ理由を考えることをやめ、この不思議で魅惑的な感覚に導かれるままに、自然と身を委ねていた。

＊＊＊

うっとりとしたまま、ほんの少しの間真っ白な光の中を漂ったあと、海の底に降り立ったかのようにゆっくりと地に足を着けた私の目の前には、バイト先の気品溢《あふ》れるホテルのパーティー会場で開場前の準備に勤《いそ》しむ従業員が数名――見慣れたいつもの光景が広がっていた。

『え……？』

状況が摑《つか》めないままぼんやりとその場に立ち尽くしていると、

「園江《そのえ》さん……園江ツバサさん」

背後からやわらかな男性の声がした。

『はい』

振り向くと、そこには自分とさほど大差ないように思えるが年齢不詳の背の高い男性が立っていて、優しく微笑みながら私のことを見ている。

見慣れないその男性は、いつも近藤さんが職場で着ているのと同じ、黒のスーツと蝶《ちょう》ネクタイをしている。胸には金色のバッヂがついているので、どうやらこのホテルに勤めるパーティー会場の仕切り役のようだ。トップに立つ人間だけがこのバッヂを付けているので、一目瞭然だった。

色白の肌に凛々《りり》しい眉、ダークブラウンの澄んだ瞳の下にはスッと筋が通った綺麗《きれい》な鼻——その下で微笑む上品な口元からは、真っ白な歯が覗《のぞ》いている。

「A卓のグラスが足りないから、足しておいてくれるかな?」

『……あ……はい。わかりました』

「じゃあよろしくね」

そう言うと、男性は会場後方へと歩いて行き、テーブルのセッティングに取り掛かりはじめた。いつもは近藤さんがしていることだ。

返事を返しながら、私の目は完全に奪われていた。

『すてきな男性《ひと》……』

彼の笑顔と優しく穏やかな雰囲気は、近藤さんにも劣らないほど魅力的で、私は思わず見とれてしまっていた。

すると、その光景はキラキラと光る水面《みなも》のように輝き出し、見る見る内に私の意識は現実の世界へと引き戻されていった。

＊　＊　＊

「……はっ」

私は先ほどと変わらず、机に向かって手紙の続きを書いていた。

万年筆を握る手が止まり、手紙の中身をよく見て見ると、先ほどよりも明らかに文字数が増えている。私は異空間にいる間、どうやら無意識の内に手紙を書き進めていたようだ。

「〝近藤さんは私より十歳年上で、とても優しくて笑顔が素敵な人なんです。一緒に仕事をしていると……〟……何これ？」

それは、普段他人《ひと》に恋愛話の取材をするときと、全く同じ現象だった。

考えてみれば、この万年筆を使って自分の恋愛話を書いたことはそれまで一度もなかった。

「自分の話を書いても、霊視ができるの……？」

驚いた私の頭の中に、次々と疑問が湧いて出てきた。

――あの男性は誰なのか？　どうして近藤さんはいなかったのか？　なぜ近藤さんではなくあの男性が出てきたのか？　霊的な存在は見当たらなかったが、あの光景を見ることになった理由は？　――考えれば考えるほどわからなくなり、頭の中がぐちゃぐちゃになった。

「どういうことなの……？」

その後、あの男性について心当たりがないか何時間も思いを巡らせた。母校の先輩、習い事で一緒だった人、近所の男の子……けれど、結局どの男性も当てはまらず、まったく見当がつかない。

「一体……誰なの……？」

その男性は、それからも私を悩ませ続けた。

なぜなら、〝もう一度会いたい〟から。——自然と生まれたその感情を、消し去ることができなかった。近藤さんという想い人がいながら、何てひどい女なんだろう……私は自分を責めた。

翌週、出勤のためバイト先に出向くと、いつも一番に会場入りしている近藤さんの姿が見当たらない。

「……近藤さん、今日はお休みなんですかね？」

それとなく同僚である年配の女性に聞いた。

「辞めたってよ？　最近誰かの紹介か何かで出逢った女性《ひと》と結婚するっていうんで、地元に戻ったんだってさ。確か五島《ごとう》列島のどっかだっけ？　遠いわよねぇ。まぁーあの人なら女性の方がほっとかないでしょうしね」

魂が抜かれたような気分だった。近藤さんがいないなんて……信じられない。彼の代わりに来た冴《さ》えない中年の男性の指示のもと、胸が張り裂けそうになるのを必死で堪えながら、私はなんとかその日の勤務をやり遂げた。

こんなことになるなら、告白しておけば良かった。連絡先だけでも、聞いておけば良かった。もっと早く彼に想いを伝えていれば……後悔の念で押しつぶされそうになりながら家路についた。

自宅のポストを開けると、希から手紙が届いていた。私が初めて想いを打ち明けた手紙を出してから、すぐに返事を書いて送ってくれたようだ。良き相談相手を見つけたばかりなのに、もうその恋は終わってしまった。

「希……私、どうしたらいいの……？」

力なくポストから手紙を手に取ると、涙で滲《にじ》む目を擦《こす》りながら玄関のドアを開けた。

一息ついたあと、私は希から届いた手紙の封を開けた。希は私に想い人がいたことにどんな反応を示しただろう？

――少しドキドキしながら目を通した。

女同士で恋バナに花を咲かせるのは楽しいものだし、きっと希も誰か好きな人がいて、その話を私に聞いてほしいんだろう――返事を書いたときは、そんな風に思っていた。

しかし、実際は少し違ったようだ。手紙には、私の恋愛についての質問ばかりがたくさん書かれていた。

〝近藤さんって素敵な人なんですね。今までで一番嬉《うれ》しかったことって何ですか？〟

〝ツバサさんはどんな男性がタイプなんですか？〟

〝やっぱり近藤さんってドンピシャなんですか？〟

〝彼に何て呼ばれたいとかあるんですか？〟

近藤さんに関することはすべて、答える気になれなかった。本当なら、これから希にたくさん相談したかった。話を聞いてほしかった。恋バナでもっともっと盛り上がりたかった。

私はレターセットから便箋を取り出し、涙を拭いながら万年筆を握った。

〝――今までで一番嬉しかったのは……〟

身体から力が抜けていった。

私は悪い女だ。近藤さんがいなくなった寂しさを紛らわせるために、近藤さんとの思い出を利用して、〝あの男性〟に会いに行った。

＊＊＊

ホテルのパーティー会場に降り立った私の耳に、甲高い怒鳴り声が響いた。

「ちょっとアンタ！　これどうすんのよ！」

目の前では、厚化粧の派手な年配の女性が、顔をしかめながらワイングラス片手に太々しく椅子に腰かけている。彼女の穿《は》いているスカートには、赤紫色の小さな染みが滲んでいた。

『申し訳ございません！』

赤ワインのボトルを手に持った私の口からは、咄嗟《とっさ》に謝罪の言葉が出ていた。

これは、ちょうど一年ほど前、私が初めて大きな失敗をしてしまったときの光景だ。

この客は周りが止めるのも聞かず何度もワインのお替りを注文して酔った挙句に、ふらつく手でグラスを持ちあげた。そのため、注いでいたワインがグラスの口から外れてスカートに染みをつくってしまったのだ。

怒鳴られた瞬間血の気が引いたので、このことは今でも鮮明に覚えている。

『あの……』

「お客様、大変申し訳ございません。そちらクリーニングさせていただきます」

すぐさま駆けつけフォローしてくれたのは、近藤さん――ではなく、〝あの男性〟だった。彼が素早く対処してくれたおかげでお客はそれ以上機嫌を損ねることはなく、大事にならずに済んだ。しかし現実の世界では、フォローしてくれたのはもちろん彼ではなく、近藤さんだったはずだ。

再び彼に会えたことが嬉しいはずなのに、この状況ではとても喜べない。

霊視の世界だとわかっているはずなのに、自分のこととなると冷静ではいられなかった。

他の従業員もお客も皆こちらを見ている。

あまりのリアルさに、私は思わず男性に頭を下げながら言った。

「私のせいですみません……」


再び顔を上げたとき、私はエレベーターの中にいた。

『え……？』

ふと横に目をやると、制服から私服に着替えたあの男性が、私を見ながら微笑んでいる。

白のカットソーにグレーのテーラードジャケットを羽織り、黒いチノパンの下には白のスニーカーを履いている。制服を着ているときよりいくらか幼く見えるそのギャップにドキドキしながら周りを見ると、他に利用者はいなかった。

狭い空間に私服の彼と二人きり……嬉しさと緊張で高鳴る胸の鼓動が聞かれていないか、心配になった。

「なに泣いてんの。大丈夫、大丈夫」

私の心配をよそに彼はそう言ったかと思うと、私の頭を手でポンポンと優しく叩《たた》いた。

『へ……？』

彼の手が私に触れたことで緊張が頂点に達し、私はそれ以上何も言えなくなった。そしてすぐにエレベーターは一階で止まり、扉が開いた。

「可愛い顔が台無しだよ、ツバササちゃん」

去り際に一言そういうと、彼はニコリと笑ってエレベーターから出て行った。

頭の中が真っ白になった。

＊　＊　＊

と同時に、私の視界も真っ白になり、気づくと、先ほどよりも書き進められた手紙を前にして机に向かい座っていた。

私はしばらくの間呆然《ぼうぜん》としていた。彼と過ごした短くても幸せな時間の余韻に浸っていたかったのだ。

そして、謎だらけの彼の存在に、私は答えを見出そうとした。

あの日、私は仕事で失敗したことを悔やんでエレベーターで泣いていた。そこに近藤さんが乗って来て、泣いているところを見られてしまったのだ。近藤さんはあの男性がしたように、慰めの言葉をかけ、優しく頭を触ってくれた――私の一番嬉しかった思い出だ。

けれど、どうにも合点がいかないことがある。

近藤さんは、あんなオシャレな服装ではなかったはずだ。彼の私服といえば、いつもくたびれたパーカーや地味なチェックのネルシャツだった。どんな服装でも好きな気持ちに変わりはなかったが、もっとオシャレをすれば近藤さんならよく似合うのにと思っていた。

その点だけが、唯一もったいないなと日々感じていたのだ。

それに、近藤さんに「ツバサちゃん」なんて呼ばれたことは、一度もなかった。あれはまさしく、私が密かに妄想していたシチュエーションそのものだ。

「どうしてこんなことが……？」

そう思ったとき、机の上に広げたままになっている希から届いた手紙が目に入った。

〝今までで一番嬉しかったことって何ですか？〟

〝やっぱり近藤さんってドンピシャなんですか？〟

〝彼に何て呼ばれたいとかあるんですか？〟

すべての質問の答えは明白だった。つい数分前に体験した霊視の中での出来事がそれだ。

自分でも無意識の内に、手紙に書いているではないか。

あの男性は、私が近藤さんにされて一番嬉しかったことをして、近藤さんに着て欲しかった服を着て、近藤さんに呼ばれたかった名前で呼んでくれた。

完璧だった。私の望み通りのシチュエーションを、余すことなく再現してくれたのだ。

相手が近藤さんではなく、彼だったことを除いては……。

私は近藤さんのことが本気で好きだった……はずだ。でも今は、どうしても彼の顔が思い出せない。彼の声も、匂いも、大好きだった笑顔も……すべてが、〝あの男性〟に染まっていた。

近藤さんとの思い出が、塗り替えられていく――。

それからというもの、私は近藤さんとの思い出を利用して、何度も彼に会いに行った。

しかし不思議なことに、ただ万年筆で紙に書くだけでは叶《かな》わなかった。希に返事を書いているときにだけ、霊視の中に入り込むことができたのだ。

「……本当に素敵な人。私の彼氏だったらいいのになぁ」

こうして私は、近藤さんを好きだった気持ちを完全に上書きしてしまった。

もうあの男性のことしか、考えられなくなっていた。


こんなことを続けて、数か月が経った。彼にはもう、何度会いに行ったかわからない。

その日も希からきた手紙に返事を書いていた私はまだ、近藤さんが職場を離れてしまったことについて希に打ち明けられずにいた。単純に、女同士で恋バナができることを楽しんでいたのと、霊視の中で叶う疑似恋愛を終わらせたくなかったからだ。

しかし、近藤さんとの思い出も、もうほとんど書き尽くしてしまった。

あの男性に会いに行く手段を見失った私の頭に、今まで考えもしなかったアイディアが浮かんだ。

「……そっか！　別に思い出じゃなくたっていいじゃない」

私は手紙に、「こうだったら良かったのに」という、〝叶わなかった願望〟を書くことにした。近藤さんとの思い出話だと偽って……。

〝──前に、『近藤さんとの一番嬉しかった思い出』を書いたことがあったけど……実は、それよりも嬉しいことがあったの。あの時はなんだか恥ずかしくて書けなかったことを書きます。

私が風邪でバイトを休んだとき、近藤さんが家まで心配してお見舞いに来てくれたことがあって──〟

私の身体は例のごとく心地良い快感によって力を奪われ、恍惚《こうこつ》としたまま、ただあの男性《ひと》の姿だけを頭に思い描いていた。

＊　＊　＊

両の瞼をゆっくり開くと、私の部屋の天井越しに、私の顔を心配そうに覗き込む、あの男性《ひと》と目が合った。

「……大丈夫?」

心地良い響きのその声で、彼は私に囁《ささや》いた。ベッドの上で横になり、彼に優しくゆっくりと髪を撫《な》でられているのを知っている私は、秘めていた想いが初めて報われたような気がして、大きな安心感に包まれた。

『……うん』

私は幸福だった。

私のために、私だけのことを想い、ここまで来てくれた。

この時間が、永遠に続けばいいのにと思った。

「……ツバサちゃん、君が好きだ」

吸い込まれるような瞳で彼は言った。まさに、私が思い描いた通りの展開だ。

満たされた気持ちは自然と私を笑顔にさせ、じんわりと身体が熱くなっていくのを感じた。

『私も……』

そう呟《つぶや》くと、彼の視線は私の唇へと向かい、そしてゆっくりと顔を近づけてくる。私は目を瞑《つぶ》り、想像が現実になる瞬間を、喜びを嚙《か》み締めながら待った。


——……！


それはほとんど一瞬の出来事だった。

私の唇に触れた彼の唇は、氷のように冷たかった。

私は反射的に目を開いた。

眼前にある彼の瞳《め》に光は無く、感情を感じられない死人のような瞳は、決して私から視線を逸《そ》らそうとはせず、ジッと凝視したままだった。

彼の異様な変化にとまどい、私は首を左右に振って何とかキスから逃れようとしたが無駄だった。

『……んん！　んんん！』

まるで溶接したように、彼の唇と私の唇は互いにピタリと重なり合い、少しも離れる気配がない。

私は抵抗するのを諦め、なすがままに時が過ぎていくのを待つ他なかった。

と同時に、これまで感じたことがないほどの虚無感に蝕《むしば》まれていくのがわかり、私の心は絶望的な気持ちに支配された。例えるならば、何か強力な力で魂を吸い取られていくようで、私は自分という人間から何か大切な物が失われていくような気がした。

いや既に、近藤さんとの思い出は失われてしまったではないか。

恋は盲目とはいうが、どうしてもっと早くこの異常さに気づくことができなかったのだろう。

『なんて馬鹿なの……』

心の中で自分を恥じた。キスの続きまで思い描いていなかった私は、嘘《うそ》の思い出をつくりあげただけでなく、良い思いだけしたらさっさと現実の世界に戻って来られるものだとばかり都合よく思い込んでいた。

欲望を満たすために安易に霊視の中へ入り込むことが、どれだけ危険なことかを思い知らされた。無情にも、この男性が霊的な存在であることは、もう疑う余地は無かった。

　このままでは、私は私でなくなってしまう。その危機感から、咄嗟に彼の両肩を掴んだ私の手は、自分でも驚くほどの力で彼を後ろへと撥《は》ね退《の》けた。

『消えて！』

＊　＊　＊

――「愛してる！」

自分の声で目を覚ました私は、机に向かい座っていた。現実の世界に戻ったのだ。

「……なん……で……？」

私は震えていた。

霊視の中で、私は強く願って叫んだ。

しかし現実には、本心とは裏腹に、真逆のことを叫んでいたのだ。

「愛してる……？　……やめて欲しかったのに……消えて欲しかったのに……」

それからしばらく、全身が総毛立ったまま震えが止まらなかった。

　これまで霊視の中だけで完結していたものが、今度は現実の世界にまで影響を及ぼしはじめたのだ。

彼はこちらの世界にまで介入し、私の心をコントロールしようとしているのではないか？　——そんな不安を抱いた私は、希にも手紙を書く気が起きなかった。

そうして返信を躊躇《ためら》っている間に、私は新しくもらった執筆の仕事で忙しくなり、希への返信をすっかり忘れてしまっていた。

希からの手紙も届くことはなくなり、一年にも満たないうちに、彼女との文通の習慣は自然消滅してしまったのだ。

ある日、仕事から帰宅した私は自宅のポストを開けると、普段見慣れない真っ白な封筒が入っていた。

「誰からだろう？」

封筒を手に取って裏を見ると、そこには懐かしい字が並んでいた。

希からだった。

文通が自然消滅してから、三年半後のことだった。

「希？　——あぁ……懐かしい」

私は思わず微笑んだ。

しかしすぐに、当時の忌まわしい記憶と返事を出さなかった罪悪感が蘇《よみがえ》り、何とも言えない複雑な気持ちになったまま手紙を持って部屋に入った。

丁寧に机の上に封筒を乗せると、しばらくそれを見つめていた。

何が書いてあるんだろう？　──私は恐る恐る封を開けた。

〝ツバサさんへ

お元気ですか？　覚えてくれているか少し心配ですが……久しぶりに、こうして手紙を書いてみました。ツバサさんの活躍、見てますよ！　文通してた頃が懐かしいです。去年発表された作品で、すごくいいなと思ったシーンがあって……〟

希は、文通が途絶えた後も、私のことを気にかけてくれていた。

「嬉しいな……」

希の優しさに、私は心が癒された。

しかし読み進めていくと、案の定、話題は恋愛話へと変わった。

〝……近藤さんとは進展ありましたか？　実はずっと気になってたんです。〟

その頃の私はというと、まさしく恋愛中だった。相手は友人の紹介で出逢った男性《ひと》で、何度かデートもした。お互いに惹かれ合っていると感じていて、恋人同士になる日もそう遠くはないと、嬉しい予感がしていたのだ。

あの〝キス事件〟があってから、三年半ぶりの恋だった。

けれど、そのことを書く気にはなれなかった。

三年半前の出来事がそれを阻んだ。もしまたあの男性が現れたらと思うと、私は私の気持ちを抑制する自信が持てなかった。

そして、手紙には最後にこう書かれていた。

〝ツバサさんさえ良ければ、一度お会いしませんか？　来月、お墓参りでちょうどそちらに行く予定があるんです。良ければいらしてください。……〟

手紙は場所と時間の詳細で締めくくられた。

文通をしていた頃の、あの何とも言えないドキドキ感が蘇った。

希はどんな女性なんだろう？　恋とはまた違うけれど、文章でしか知らない彼女のことを、もっと知りたい――。私は自然と湧いてくる気持ちに素直になり、一歩踏み出してみることにした。

――そして、あっという間にその日はきた。

日曜の夕暮れ時。

しとしとと雨が降る肌寒い秋空の下、希の連絡先も知らない私は、手紙だけを頼りに指定された墓地に向かった。

初対面の相手と墓地で待ち合わせだなんて怪談か何かかと思わないでもないが、物語を紡ぐことが好きな私にとってはこれはこれで何か面白そうで、これから体験する未知の出逢いを想像すると、好奇心がくすぐられた。

その墓地は、私の自宅から二十分ほど歩いた場所にあった。傘の柄を握り締めながら、一歩進むごとに高鳴る鼓動を感じつつ、人気のない住宅街を進んだ。

「きっといい子だよね」

「私を見てがっかりしないかな？」

そんなことを考えている内に、狭い曲がり角を曲がった先にある年季の入った灰色の塀が続く墓地の前まで着いてしまった。

「ここか……」

約束の時間まではまだ十分に時間があった。

恐る恐る出入り口へと足を進め中を覗いて見ると、お盆のシーズンをとうに過ぎた敷地の中は閑散としていて、人がいる気配はない。

お墓参りは何度もしているけれど、自分とまるで縁のない墓地に立ち入るのは何だか気が引けた。

それでも何とか勇気を出して足を踏み入れると、希らしき人物はいないかと辺りを見回した。

秋の日は短い。

少し薄暗くなった墓地の中は、建ち並ぶ墓石が本来よりもいくらか大きく見え、まるで私のことを待ち構えているかのように思えた。

「雰囲気あるなぁ……」

幼い頃参加した肝試しを思い出しながら、墓石と墓石の間の細い道を更に奥へと進んだ。

ふと横に目をやると、三十メートルほど先の墓石の前で、黒い傘を差した人物が一人立っていた。傘に隠れて顔はよく見えないが、服装からして若い男性のようだ。墓石に向かって手を合わせているのだろう。

「人いたんだ……」

男性を後目《しりめ》にその場をあとにしようとしたその時、

「ん？」

一瞬目に入った墓石に彫られた名前に見覚えがあることに気がついた。

男性の前に立つ墓石には、〝雨森《うもり》家之墓〟とある。雨森とは、希の苗字《みょうじ》である。

『あれ？　……家族の人……かな？』

希ではないとはわかっていたが、この珍しい名前が彫られた墓石が他に見当たらないことや、敷地内に他に人がいないところを見ると、彼は希の関係者ではないかと思い恐る恐る近づいて行った。傘に遮られて足音が聞こえないせいか、お参りに集中しているせいか、私が近づいても男性は微動だにせず立ち尽くしている。

「……あの……すみません……」

私が声を掛けると、男性は驚く様子もなくゆっくりとこちらを振り返った。

「アッ……！」

私は思わず小さく叫んだ。

振り向いたその顔はまさしく、三年半前に私が霊視の中で恋に落ちた、あの男性だった。

「……ハアッ……ハアッ……」

言葉が出てこない。夢か現実かもわからないまま、驚きのあまりその姿を目で捉えたままあとずさりした。

「ツバサさん……ですか？」

初めて会ったかのように、彼は言った。

「……え？　……なんで……？」

私はまだ混乱していた。

「……やっと会えましたね」

男性はあの時と同じく、柔らかな笑みを私に向けて言った。

「のぞ……みは？　……希はどこ？　どうしてあなたがいるの……？」

思わず零《こぼ》れた疑問で、開いた口が塞がらない私を見て、男性はクスクスと笑いながら言った。

「のぞみ？　……もしかして、僕のこと女だと思ってました？」

「え……？」

「ハハハ。やっぱり。昔からよく間違えられるんですよね。すみません。……僕の名前、『希』って書いて『つばさ』って読むんです。そうか、言ってなかったですよね」

「……ツバサって……私の名前じゃない……！」

「……ほんっとにゴメンナサイ。正直、ちょっと試してました。僕と同じ名前だ～と思って、それでなんか嬉しくなって手紙出したんです」

あれこれ考えてみたが訳がわからなくなり、完全に思考が停止した。

とにかくその場を離れようと身体が自然と後ろを向いた、その時、

「あっ！」

動揺して足元がフラついていたせいでよろけた私は傘を落とし、その場に倒れそうになった。

「危ないっ！」

背後からガシッと両肩をしっかり掴まれた私は、何とか地面に倒れ込まずに済んだ。

振り向くと、雨に塗れたまま深刻な表情で息を切らし、私を見つめ肩を支える彼が立っていた。墓石の前に黒の傘が放られているのを見ると、私を助けるために飛んで来たようだ。

「ハァ……。良かった……」

「……あ、ありがと……」

そう言いながら姿勢を正し、彼の方に身体を向けた、その時だった。

「……！」

包み込むように、抱き締められた。

密着した私の頬は、彼が着ているシャツの上からでもわかる体温の温かさと、ドクッドクッと忙《せわ》しなく鳴る胸の鼓動を感じていた。

「……⁉」

「……ずっと好きだった」

急な出来事に、私は一瞬頭の中が真っ白になった。

「やめて！」

咄嗟にそう叫び、彼の腕の中から逃れようとした。

けれどそれを許さないかのように、彼の腕はギュッと強く私を抱き締めた。

「ごめん！　でも本当なんだ。初めて君の作品を読んだときからずっと気になっていた」

唖然《あぜん》とした私は、自分の顔が赤くなっていくのを感じた。

認めたくないのに、心は完全にときめいていた。

これは現実なのだろうか——彼の着ている服の感触も胸の鼓動も、五感で感じるすべてのものが、疑う余地なくリアルだった。

もし彼の言ったことが本当なら、彼があの頃霊視の中に現れたことに初めて納得できる

気がして思わず、

「…………から……だから会いに来たの？　近藤さんに成り代わって……あなたは……」

聞いてしまった。

――彼は生きている。こんなにも身体が温かいのは、彼が死した後の霊的な存在などではなく、今ここにいる、この存在こそが彼の真の姿だと信じたかった。過去に私が出逢ったのは、彼の生き霊だったのだと……。

「……？　近藤さんに成り代わって……？　どういうこと？」

彼は抱き締めた腕を解き、ゆっくりと私の身体を自分から離した。

「……だから……私のことが好きだから……その……」

「何の話？」

困った顔で彼は私に聞いた。

――驚いた。異空間で私と会っていたことも、あのキス事件のことも、彼はまるで知らないようだった。

彼の反応を見て、私は急に恥ずかしくなった。もしかしたら、自分は何か勘違いしているのかもしれない。

あの万年筆で手紙を書いたことで霊視の力が働き、何がどう影響したのか、まだ見ぬ内から彼の存在を一方的に知ることになったとは考えられないだろうか？

何しろあの万年筆で自身の恋愛話を書いたのは、後にも先にも希と文通していた時だけなのだ。他人から聞いた恋愛話をメモ書きするのとでは全く事情が違う。何が起こってもおかしくはない。

「……いえ、いいの。何でもないの。ごめんなさい。何だか初めて会った気がしなくて。ただ、ずっと、女の人だと思ってました。……『のぞみさん』だと思ってたし……なんか恥ずかしい。すみません」

私がそう言うと、彼も恥ずかしくなったのか、申し訳なさそうに照れながら言った。

「こっちこそごめんなさい。女性のフリしてたわけじゃないんだけど……」

「……そうですよね！　……考えてみれば、手紙に『私』って書いてあるの、見たことない気がするし」

『希《つばさ》』なんて当て字、思いつくわけもないし」

「ホントに、『つばささん』なんだ！」

「ほんっとうです！　僕の大切な人が名付けてくれたんです。いまはここに眠ってますけど……」

そう言うと、彼は先ほどまでいた墓石の方を振り返り、しばらくそれを見つめてから再び私を見て微笑んだ。

「〝希望が叶うように羽ばたけ！〟って意味みたい」

それを差した。

「……フフフッ」

互いに顔を見合わせた私たちは、自然と笑顔になっていた。

それから「希《つばさ》」は地面に落ちたままになっている私の傘を拾い上げ、二人の上にそれを差した。

「驚かせてしまってごめんなさい。……ずいぶん長くかかったけど、いつかツバサさんに会って、直接言いたいって思ってたんです」

そう言うと、彼はその澄んだ瞳で真っ直ぐに私を見つめて言った。

「僕と付き合ってくれませんか？」

──とどめだった。逃げ場のない私の心は、まだかすかに〝拒絶しなくていいの？〟と自分自身に問いかけていた。けれど、希の大切な人が眠るこの場所では、罪悪感と、得体の知れない胸のざわめきがそれを許さなかった。

──「はい」

私はまたしても罪を犯した。

予想通り、自分の気持ちを抑制することさえ、できなかった。

こうして私は、希と恋人同士になった。

希との関係は、良好だった。

ＩＴ企業に勤めているという希に対し、私は変わらずときどきバイトをしながら、脚本家として働いていた。

お互い休みが合う日に会い、人並みに食事を共にし、映画館で映画を鑑賞し、お揃《そろ》いの物を身に付け、ショッピングを楽しんだ。

特に、たまたま立ち寄った雑貨店で一緒に買った、鮮やかなブルーのガラスでできた羽の形の小ぶりなネックレスは、中に星屑《ほしくず》を散りばめたような金粉が煌《きらめ》いていて、とても気に入っていた。

「ツーちゃん、それすごく似合ってるよ」

「つっくんとお揃い、嬉しい！」

〝名前が同じ〟という問題も、意外にあっさり解決していた。お互い自然と呼びはじめたニックネームがしっくりきたのだ。

それはどこにでもいる普通のカップルと同様で、付き合う前のごちゃごちゃは、もうすっかり忘れてしまっていた。

悩んでいたのが馬鹿馬鹿しく思えるほど、平凡だけれど幸せな日々を過ごしていた。

そうして、気づけば季節がひとつ過ぎていた。

冬になる頃には、お互いの家を行き来することが増え、二人で朝を迎えることも珍しくなくなった。

その頃からだろうか。眠ると奇妙な夢を見ることが多くなった。

霊視とは違って、夢の中では物に触れることもできた。

その夢には、いつも決まって男の子がでてきた。

あるときは三歳くらいの幼い子どもで、またあるときは低学年くらいの小学生なのだ。見覚えはないが、その見た目の特徴からして、恐らくすべて同一人物であると直感で感じていた。

その男の子は、目鼻立ちがくっきりとした、とても綺麗な顔をしていた。

しかし、周囲の人々はなぜか彼のことを疎ましく思っているようで、夢の中で彼はいつも謂《いわ》れのないことで疑われたり、罪を着せられたりしていた。

〝またあの子なの？　嫌ぁねぇ。なんだか気味が悪いわ〟

〝お前がやったんだろ！　お前しかいないじゃん！〟

〝君！　正直に言いなさい。先生怒らないから〟

その様子は傍《はた》から見ても気の毒になるほどで、一体彼の何が気に入らないのか、まったく見当もつかなかった。しかし、言われた当の本人は何を思っているのか反論することもなく、相手が友達でも大の大人でも、ギュッと口を結んでただ言いなりになっているだけなのだ。

そんな夢を見るようになってから、ひと月ほど経ったある日。

その日も、一人暮らしの希の家で彼とともに眠りにつくと、私は夢の中で、聞き慣れた暴言が飛び交う声を聞いた。

『……あぁ。またあの子がいじめられてるのね』

そう悟った私の前には、夕陽《ゆうひ》が差し込むだだっ広い体育館が広がっていて、その入り口に立っている私の目には、誰の姿も見当たらない。ただひたすら、誰かをいじめるような中学生くらいの子どもたちの声が、館内に響いているのだ。

しかし、耳に届くその声は、それまで聞いた暴言よりもはるかに辛辣な内容だった。

「てめぇ気持ち悪ぃんだよ！」

「お前見てるとイライラすんだよ！」

「死ねよ！」

「そうだ！　死ね！　死神は死神らしく死ね！」

――ドスッ！　ドスッ！

言葉だけでは飽き足りないのか、今度は激しくバスケットボールを壁に投げつけるような音まで聞こえてきた。

「助けなきゃ！」

いたたまれなくなった私は咄嗟に館内に足を踏み入れ、音が聞こえた場所を探した。入って右に少し進んだ壁にある灰色の扉は閉まっていたが、倉庫だと思われるその小部屋の中から鳴り響いているのは明らかだった。

引き戸に手を掛け勢いよく引いてみたが、鍵が掛けられているのか何度やってもガタと鳴るだけで開く様子がまったくない。

「何をしているの！　やめなさい！」

扉越しに大きく叫んだ。私の必死の声は館内に響き渡り、その直後にシンと静まりかえった。

「……？」

しばらく沈黙が続いたあと、

バタバタバタバタ！

中からこちらに走って来る数名の足音が聞こえ、目の前でガチャンと扉の鍵が開く音がした。

「ハッ！」

驚いて一歩下がった私の目の前で、ガラガラと勢いよく扉が開いたかと思うと、

「ワァー！」

「逃げろー！」

口々に叫びながら飛び出てきたのは、学ランを着た男子生徒たちだ。いたずらっぽい無邪気な笑顔を浮かべた彼らはバタバタと館内を走り抜け、あっという間に姿が見えなくなってしまった。

私はすぐに倉庫の中を見回した。

「大丈夫？」

薄暗い倉庫の中は、体育用具が無造作に置かれ雑然としている。ひんやりとした中に足を踏み入れた私は男の子の姿を探した。

「はっ……」

跳び箱の陰に、その子は居た。

学ラン姿の彼は膝を抱えたまま、こちらを見てニコリと笑みを浮かべた。

目を開けると、見慣れた希の部屋にいた。夢から覚めたのだ。

「――あの子……なんで笑ってたの……？」

「……さぁ。助けてくれたのがツーちゃんだったから嬉しかったんじゃない？」

「でも……普通いじめられたらあんなふうに笑えるのかな？」

――ハッとした。独り呟いた私の疑問に、希が返事をした。

「なんで私の夢知ってるの⁉」

驚いた私はバッと振り返り、隣で横になっている希の方を見た。

希は、ニコリと笑みを浮かべていた。

その瞬間、あの少年と彼の顔が重なって見えたような気がした。私は全身にサーッとかすかに鳥肌が立ち、それ以上何か聞く気になれなかった。

——奇妙なことは他にもあった。

別の日、私は自宅で、春に発表される予定のサスペンスを執筆していた。締め切りが迫っていたため、午前二時を過ぎてもリビングのテーブルに置いたパソコンとにらめっこしていた。何か良いアイディアが浮かばないかと頭を捻《ひね》っていたのだ。

「ああ。もうダメだ」

完全に行き詰まった私は、テーブルの前のテレビの電源を入れた。息抜きをすると、何か良いインスピレーションを受ける素材に出合う可能性を期待したのだ。しかし、部屋の中ではベッドで希が先に眠っていたので起こさないようにと消音モードにしていたため、無音で映像が流れているだけだった。

「なんかなぁー……はぁ」

テレビを点《つ》けて数分が過ぎた頃、自然の風景を映し出したＣＭを見ながらため息をついた時だった。

「その人もう死んでる」

後ろで寝ているはずの希が小さく呟いた。

「え？」

すぐに振り返ったが、相変わらず彼は寝息を立てて熟睡していた。

「……その人？　誰よ。変なの」

テレビの画面に視線を戻すと、ニュースが始まった。

ある女性が行方不明になっているというのだ。

「……まさか、ね」

一息ついた私はテレビの電源を落とし、執筆作業に戻った。

行方不明になっている女性の遺体が発見されたというニュースが流れたのは、翌日のことだった。

私は思い切って希に聞いた。

「ねぇ、昨日言った寝言……覚えてる？」

「……ああ。あの行方不明の女の人ね」

「やっぱり！　……なんで、わかったの？」

私がそう言うと、彼は何も言わずニコリと笑みを浮かべた。

それは、あの時と同じ笑みだった。

彼は女性の死を言い当てた。もっと不可解なのは、あの時、彼は確かにアイマスクをして寝ていた。テレビの画面を見ることさえできなかったはずなのだ。仮にこっそり見ていたとしても、彼が呟いたタイミングからして、このニュースが流れることを予《あらかじ》め知っていたことになる。

こんなことが、何度もあった。私は希を見る目が変わってしまった。

やっぱり……希は普通じゃない。

私の心は、彼にまつわる過去の恐怖体験と、恋心の狭間で揺れていた。あのキス事件の記憶が蘇ったのだ。実際にカップルとして過ごしているときは幸せそのものだけれど、この幸せさえも、彼の思惑に過ぎないのでは――私は騙《だま》されてる？　……一度そう考え出すと、もう純粋な愛情を育み続けることは難しかった。

数日間、悩み続けた。

――次に会ったときに、別れを告げよう。

苦渋の決断だった。けれど、一度恋に溺れて自分を見失いそうになった経験をしている私の意志は固かった。

――そして、その日はきた。

いつも通り仕事を終えてやって来た希を家に迎え入れると、テーブルを挟んで彼と向かい合って座った。

コートとジャケットを脱ぎながら、彼は言った。

「疲れたぁー……」

「………」

「……どうしたの？」

私は緊張で動揺を隠し切れずにいた。不思議そうに私を見つめる彼を前に、硬い表情を浮かべた私は話を切り出した。

「あの……」

「なに？」

「……あのさ………私、つっくんと別れようと思ってるの」

私の声は消え入りそうだった。目の前にいる、非の打ちどころのない彼を振るなんて。こんなにも素敵で、こんなにも楽しい思い出があって……かすかな迷いが蘇り、罪悪感で胸が苦しくなった。

希はショックを受けたのか、しばらく呆然としたまま無言で私を見つめ続けた。彼の視線に耐えられなくなった私はテーブルに目を落とし、話を続けた。

「ごめんね。嫌いになったわけじゃないの。でも、もう私決めたの」

テーブルの木目が涙で滲《にじ》んで見えなくなった。

私は彼を愛している。でも、自分を守るためには仕方のないことだ。これ以上一緒にいては、自分がどうなるのかわからないのだから。

私は初めて、自分に備わった不思議な力を恨んだ。

――「許さない」

その声は、私のすぐ傍《そば》で聞こえた。

反射的に声のした方を見ると、今の今まで私の向かいに座っていた希が真横に立っていて、怒るでも泣くでもなくこちらを見下ろしている。

「……!」

その姿を見て、私は声を失った。

希の瞳《め》に、光はなかった。

キス事件の記憶が蘇った。咄嗟に椅子から逃れようとしたが無駄だった。まるで催眠術をかけられたかのように、身体は全く動く気配がない。

「なんで……」

涙が頬を伝った。先ほどまでとは、まったく違う涙だ。

生きているのか死んでいるのかもわからない希の顔は、表情ひとつ変えずに私の唇目指して接近し、私は、それをなす術《すべ》もなく受け入れた。

希の唇は、氷のように冷たかった。

──私は夢を見ているんだ。あの男の子は成長し、高校生になった。今、私の目の前にいる。

希のキスによって誘《いざな》われたのは、あの夢の続きだった。

少し大人になった男の子の正体は紛れもなく、希だ。私は今まで、希の人生を走馬燈のように見せられていたのだ。

「ああ……」

言葉にならなかった。

なぜなら、いま私に見えている希の瞳には何の曇りもなく、純粋で、輝いている。その理由は、今まさに温かい表情で彼に寄り添っている、男性の存在があるからだろう。

二人は古い一軒家の縁側に並んで腰掛け、男性は涙で目を潤ませている希の肩に腕を回し、決して泣いている彼の顔を見ようとはしなかった。

「希。よく聞いて。誰が何と言おうと父さんは誇りに思ってる。──誰にだって才能はある。希のは特別だ。でも周りと違うからといって負い目に感じることなんて何もない」

「……人が死ぬのが見えたり……悪い事の予言ができたりすることが……？」

「それの何が悪い？　何も悪いことなんてない。必要の無いものなら、最初から無かっただろう。でも希にはあった。きっと、いつか誰かの役に立つ日がくる」

希の父親はそう言うと、彼の肩を支える手に力を込めて言った。

「希がどんな希でも、父さんはずっとお前の味方だ」

――涙が溢れた。

私には希の気持ちがわかる。

私も、ずっと独りぼっちだった。怖いのに、本当は誰かに解って欲しいのに――他人《ひと》は
いつだって、自分に無いもののことは解らない。

「希……」

そう呟いた瞬間《とき》、
キィィィードンッ！

人が車に撥ねられたようなもの凄《すご》い衝撃音で身体が震えた。

「……！」

思わずギュッと目を閉じた。

――次に聞こえてきたのは、泣きじゃくる希の声だった。
「……なんで……なんで……」
目の前には、床に這《は》いつくばって壇上を見上げ、涙と鼻水で顔をグシャグシャにした希
の姿があった。希は、先ほどよりも少し大人になっていた。

壇上に置かれていたのは、優しい顔で微笑む、希の父親の遺影だった。

「あっ……」

私は思わず口に手をやった。

今思えば妙な話だが、希が父親の話をしたことは一度もなかった。

聞こうとすると、なぜかいつも小さなトラブルが起きたり、タイミングが合わなかったりした。

希は意図的に、父親の記憶を封印したかったのかもしれない。

「……なんのための力なんだ！　なんで父さんのことは教えてくれなかった！　……人の役に……父さんの役に立てなかったら、何の価値もないじゃないか……」

希はそう叫ぶと、嗚咽《おえつ》しながら突っ伏しそのまましばらく泣き続けた。

「ああぁー！　……ううう……うわぁあああぁっ」

突然、希はピタリと泣くのをやめた。

床に蹲《うずくま》ったまま顔を上げずに、ただ、ジッとしている。

ピンと張り詰めた空気は、息の詰まるような静寂に包まれていた。

「……」

予測のつかない状況に、私はゴクリと唾をのんだ。

——僕を解ってくれたのは、父さんしか、いなかったのに——

「えっ?」

希の心の声が聞こえ、呆気《あっけ》にとられたその瞬間《とき》——彼と初めて会った墓地の中に、私は立っていた。あの日と同じ、雨の夕暮れ時——。

数メートル先の墓石の前には、黒い傘を差した人物が一人立っている。

恐ろしくも愛《いと》おしいその姿に、私の身体は自然と引き寄せられていた。

——「つっくん……」

呟きにも似た声で、私は理由《わけ》もなく声を掛けていた。

希は振り向かなかった。

そして私の目の前で、彼の姿を隠していた傘がハラリと地面に落ちた。

露《あら》わになった希の首からは、真っ赤な血がシューッ! ととめどなく噴き出している。

顔面蒼白《そうはく》の希の手には、毒々しいまでに血にまみれた刃物が握られていた。

「イヤァァァー!」

絶叫とともに現実の世界に戻った私は、キスする希を思い切り突き飛ばしていた。

ドスッと鈍い音を立ててその場に尻もちをついた希は痛がる様子もなく、すぐさま私を見据えた。

椅子から滑り落ちた私は、後ろに衝《つ》いた手を頼りに震える身体を支えながらあとずさりしていた。

「やっぱり……あなたは……」

「僕が怖いの？」

「どうして……」

恐怖と怒りと悲しみで、心は乱れた呼吸と同じくらい錯乱していた。

「僕と同じだからだよ」

さも当然のように希は言った。

「……同じ？　……霊視の……力のこと……？　でも……あなたは…………もう生きていないんでしょ？」

そう言うと希は伏し目がちになり、そして静かに語り出した。

「…………わからない。気づいたら父さんの墓の前にいたんだ。それから自分で首を切って……その後のことは、何も思い出せない。でも、父さんのところには逝けなかった。僕だけが取り残された気がして……寂しくて、辛《つら》くて苦しくて……そしたら、君が書いた作品に吸い寄せられていったんだ。何か異様なモノを感じて……でも、それがすごく心地良かった」

かすかな微笑みを浮かべた希は、Yシャツの下に隠れていたお揃いのネックレスを優しく握った。

「父さん以外で、初めて解り合える存在だと思えたんだ」

希の告白を聞いて、私は混乱した頭の中で、なんとか彼の進むべき未来を探し求めた。

その瞬間《とき》だった。

床に倒れ込んだままの希の身体が、呼吸する度にうっすらと透けはじめて見えることに気がついた。透けた向こうには希の内臓が見え隠れし、その中で、彼の心臓はドクドクと絶え間なく鼓動を打っている。その姿は、自分という存在が薄れてもなお必死に生きながらえようとしているかのように思えた。

「だから……」

そう言いながら、希は床に転がっていた物を掴みギュッと握り締めた。

先ほど彼を突き飛ばした衝撃でテーブルから下に落ちた、母の万年筆だ。

「君にもこちらに来てほしいんだ………！」

透けた身体とは裏腹に凄《すさ》まじい形相で叫びながら立ち上がった希は、万年筆を握った右手の拳を振り上げて私目掛けて走り迫って来た。

「やめて……！」

咄嗟に両手で希の拳を掴むと、今にも顔面に突き立てられそうな筆先をおろさせまいと必死になって抵抗し続けた。

「……クッ……んん……」

額にブワッと冷や汗が出て、もうこれ以上希の力に抗《あらが》えないと思ったその刹那、

――「愛してるよ」

目前の彼は、〝恋人のつっくん〟の顔をしてそう言った。

「……嘘つき！」

私は僅かに残る体力を振り絞り、全身の力を両手に込めて希の拳を受け流すと同時に、美しい世界が描かれたステンドグラスを思いきり叩き割るように、自分の感情も想いもすべてを打ちつけた。

――グチュッ！

生まれてはじめて聞くその音は、すぐ目の前でした。

希が握り締めた万年筆は、逆に彼の胸を深く刺し、筆先は食い込み見えない。

希は顔を歪《ゆが》め両目を見開くと、口を大きく開けたまま声も出せずに私を見下ろした。この世のものとは思えない痛みで一歩も動けないようだった。

「はぁっ……あぁ……」

心臓が震えて声にならない声を発した私は、目の前で起きていることをただ見守ることしかできなかった。

やがて、張り詰めていた緊張が解けたように、希は全身から力を失った。

眠りにつく直前のような穏やかな表情で私を見た希の瞳には、あの愛おしい光が戻っていた。

これが、私が最後に見た希の姿だ。

一瞬にして姿を消したその場所に、コトンと静かに音を立てて万年筆転がった。

私はただ呆然と立ち尽くして室内を見つめていた。視界に入るすべての物が、空気が、音が――私の孤独を表していた。

何かを失ったはずなのに、それはまるで、最初から何も無かったかのようだった。

――数日後、私はあの墓地を訪れた。

希の最期の姿を思い出しながら、もう現実の世界で彼に会うことは二度とないのだろうと感じていた。

希の父親が眠るお墓の前まで来ると、墓石の側面にまだ新しい字で『希』と彫られているのを見つけた。

「あんた、見ない顔だねぇ」

声のした方を見ると、隣のお墓にお参りに来た様子の老人が、腰を曲げて物珍しそうな顔でこちらを見ている。

「……あ、あの……希……さんのお参りに来たんです」

そう言うと、老人は眉をひそめて墓石に彫られた希の名を見つめながらか細い声で言った。

「…………五年もよく耐えたと思うよ。ここで……ほら、あんなことして……もうどうなることかと思ったけど」

「五年……？」

「知らないの？　父親のとこ逝こうとしたんだろうけど死にきれなくて……まぁ、しばらくは何とかなったみたいだけど。その後はずっと植物状態だったんだって」

私は思わず聞いた。

「しばらくは何とかなったって……しばらくってどれくらいですか？　彼はどうして亡くなったんですか？」

私があまりに深刻な顔をしていたせいか、老人はどこか申し訳なさそうに続けた。

「同じ病院にいた人から聞いたんだけどね、確か……一年ほどはまだ意識もあったって。でもそのあとはもう、三年半くらい、ただ体中に管が繋《つな》がってるだけ。ところが急に持ち直して、そのあと半年弱くらいは、うっすらだけど何とか意識も回復した状態が続いたみたいだけど……結局ダメで、コロッと逝ってしまったみたいだよ。今になって思えば、亡くなるまでの半年弱は、最後の力振り絞ってどうにか生きようと頑張ったんだろうなぁ」

そう言い終えると、老人は墓石に向かって険しい顔で短く手を合わせると、それ以上何か聞かれるのを避けるようにして、さっさとどこかへ行ってしまった。

希は、自分で首を切ってから植物状態になるまでの間に、病院からネットを介して私を見つけ、一年足らずの文通をしていたのだ。けれど、ほぼ寝たきりの不完全な身体では自由に生きることなど叶わず、手紙を利用して、霊的な存在として私に近づくしかなかったのではないだろうか?

霊視の中で、彼が一度目のあの恐ろしいキスをした理由はわからない。でも、もしかするとそれは、孤独がゆえだったのかもしれない。自分が植物状態になってしまうことを悟った希は、私を一緒に連れて行きたかったのだろうか。

文通が途切れてから再び手紙が届いたのは、およそ三年半後だ。三年半ぶりに意識を取り戻した希が〝生きたい〟ともがいていた半年弱の間、私は彼と——正確には、〝彼の生き霊と〟交際していたのではないだろうか。

そう考えれば、すべて納得できた。

それなら、彼と愛し合った事実を肯定できるような気がした。

墓地で彼に告白されてから二度目のキス事件が起きるまで、病院にいる本物の希は、〝生きたい〟ともがいていた。それは、恋人として二人で過ごしたあの楽しい日々に、死の世界へ誘おうとする思惑など決してなかったことを意味する。なんとか生き抜いて、いつか生き霊じゃなく生身の彼自身で私と付き合いたい――そう思ってくれていたのだと、信じたい。

「『嘘つき』なんて言ってごめんね。私も……愛してたよ。でも……」

希が眠るお墓を見つめながら思った。彼は、本当は自分がもう助からないことを、死が間近に迫っていることを解っていたのではないだろうか。

いつからなのかはわからない。でも、彼が万年筆を握ったあの瞬間、私を道づれにしようとしたことは確かだ。あれほど恐ろしく、あれほど哀しい姿の人間を見たのは初めてだった。

「一緒には逝けないよ。私は生きて、この力で誰かの役に立ちたいから。あなたの分まで……ね」

私はコートのポケットからお揃いのネックレスを取り出すと、墓石の前にそっと置いた。

「お父さんと会えていたらいいな」

ガラスの羽が、心なしかいつもよりキラキラと輝いて見えた。

「――さようなら、希」

私は二度とこの場所を訪れることはなかった。

第六話　プレ・アムール

希《つばさ》——人ならざる者との恋。これが、私の、過去最低だったけれど、最高でもあった恋愛話だ。

もちろん、三人にこのことを話せるはずもなかった。

ツバサはメモ書きする手を止め、自身の恋愛遍歴について語り出した。

「私は……」

学生時代の彼氏の事、働き出してから付き合った男性について……けれど、そのどれもが、最悪な思い出とまでは言えなかった。確かに別れは悲しいものだが、いつも慰めてくれる女友達が傍《そば》にいたし、何より、物を書くことに没頭することで、いつの間にか悲しみは和らいでいた。

そうは言っても、失恋とはそんなに簡単に立ち直ることができるものだろうか？　簡単にとはいかなくても、思い返してみれば、いつもどこかで踏ん切りがついて、次に進むことができた。そう思うと、自分は薄情な人間なのではないかと不安になった。

「いいわねぇツバサは」

「ああ……私の恋愛なんてゴミみたいに思えてきた……」

「もう！　またアイツのこと思い出しちゃったじゃない！　Fuckよ！　Fuck！」

ツバサの最低な恋愛話を聞くことができず残念がる他の三人が、再び仕事や恋愛相手への愚痴をこぼしはじめたとき、サエのスマホが鳴った。

「はい。……あ、斎藤《さいとう》さん？」

電話の相手の名前を口にしながら、サエは三人に目で合図を送った。かけてきたのは、今日の合コンの男性幹事、斎藤のようだ。

サエは、スマホをスピーカーに切り替えた。

「サエちゃん？　今どこにいるの？　男たちそろってるよ」

「えっ……ちょっと待ってください、六本木《ろっぽんぎ》の『ブレ・アムール』じゃないんですか？」

混乱するサエを前にして、三人も顔を見合わせた。

「ブレ・アムール？」

訝《いぶか》し気に繰り返す斎藤の声を聞きいて、サエは小声で三人に向かい、言い訳するように愚痴を吐いた。

「合コン頼んできた同僚のヤツ、私に店間違えて伝えたみたい！」

「ん？　サエちゃん、何か言った？」

「いえいえ！　何でもありません！　とにかく私たち、『ブレ・アムール』っていうお店にいるんですけど……」

サエが再び店名を告げると、斎藤は冗談でも聞いたかのように笑った。

「いや、そんなわけないでしょ。だってその店、確か五年くらい前に廃業したはずだよ」

女たちは言葉を失った。

「……斎藤さん、ちょ、ちょっと待ってくださいね」

電話口に向かってそう言うと、サエは握っているスマホの画面を自分の胸に伏せた。

「廃業って！　そんなことある？」

「ちょっと調べるわね」

カオルコは自分のバッグからスマホを取り出し、店のことを検索しはじめた。

眉をひそめてぼやくエリカと、スマホをさわるカオルコの横で、私は肌が粟立《あわだ》つのを感じていた。

店員の様子がおかしかったこと、そしてその店員もどこかへ行ってしまったきり姿が見えないこと、繁華街の中にあって金曜の夜だというのに、お客が一人も来ないこと……どこか不可解に感じていた私は、妙に納得がいった。

思い返してみれば、ビルの外にも店の入り口にも、『ブレ・アムール』と書かれた看板など、どこにも無かった。あらためて店内を見回すと、バーカウンターにある卓上カレンダーや、カウンターの隅に置いてあるデジタル時計が表示している年月はすべて、何年も前であることが一目見てわかった。

例えるならば、ドラマのセットのようで、一見美しく見えるがよく見るとどこか作りものめいて虚構の空間のように思えるのだ。

私はカオルコが検索し終えるのを待っていられず、自分でも『ブレ・アムール』について調べようと、バッグの内ポケットからスマホを取り出した。と同時に、同じポケットに入っていた手鏡も一緒にスルリと外へ滑り出し、カタンと小さく音を立てながら、テーブルの上に伏せるかのごとく着地した。

「もう……」

苛立《いらだ》ちながら手鏡を手に取ると、何気なく鏡の面をこちらに向けた。

鏡の中の自分と目が合った、その時だった。

——ピシッ！

高く鈍い音とともに、鏡に無数の細かいヒビが入った。

一瞬にして鏡の中の私の姿は散り散りになり、背後に映るはずの店内の様子も、まるでわからない。

「えっ……今の……何？」

「そんな割れるほど激しく落ちてないじゃない……」

サエとエリカも異変に気づいたようだ。二人も手鏡を見つめ、顔を歪《ゆが》めている。

ひび割れた鏡を見て、私は思った。

この店には、何か得体の知れない禍々《まがまが》しいモノが潜んでいる。それが、嘘で塗り固められた空間を作り出し、本当の姿が鏡に映し出されるのを阻んだのだと……。

新たな出逢《であ》いに目がくらんで足を踏み入れたはいいものの、そこはヘンゼルとグレーテルのお菓子の家のような、注文の多い料理店のような、踏み入ってはいけない場所だったのではないかと思い至った四人に恐怖にも似た不安が押し寄せる。

「ねぇ、何かわかった？　廃業したなんてウソよね？」

これ以上不吉なことが起きるのはごめんだと言わんばかりに、エリカは自分に言い聞かせるかのごとく笑いながらカオルコを見た。

カオルコはエリカの方を見ようともせず、青ざめた顔でスマホの画面を食い入るように見ながら言った。

「……事前に調べたときは、こんなことどこにも書いてなかったのに！」

情報によると、確かに五年前に廃業している。四人は狐《きつね》につままれたような気分になった。とすると、ここは一体……。四人は顔を見合わせた。

廃業の原因は、五年前のある冬の日、一人の女が閉店後の誰もいなくなる時間を狙い、何らかの方法で店内に侵入し、自殺した事件が引き金となったからとのことだ。この事件以降、この場所は心霊スポットとして汚名を着せられ、五年経《た》った現在も借り手がつかず空き家状態になったままだという。

サイトには、親切にもその女が最期を迎えた場所の詳細まで記載されていた。

〝入り口から右に進んだ、一番奥のソファー席〟

――まさに、ツバサたちがこの何十分かを過ごした場所だった。

「イヤ！」

最後まで読み終える間もなく、カオルコが叫び声と共に持っていた自分のスマホを放り投げ、立ち上がった。

残りの三人も一斉に席を立ち、いわくつきのソファーから逃げるようにして遠ざかった。

サエは震える手で握り締めたままの自分のスマホに向かい、斎藤に問いかけた。

「あ、あの……もう一度、どこのお店にいるのか教えてもらえます？」

「ああ。えーっと……銀座《ぎんざ》……いう……かな？　……交差点……って……」

「すみません、聞こえづらいんですけど……」

先ほどまで明瞭だった斎藤の声が突然ブツブツと途切れはじめ、やがて無音になった。

次に聞こえたその声は、明らかに、斎藤のものとは違っていた。

――「ねぇ……燃え上がるような恋に落ちると、どういう結末になると思う？」

スマホから流れるその弱々しく掠《かす》れた声は、底知れぬ悲しみを孕《はら》んだ女の、悲痛な叫びにも聞こえた。

サエがスマホを持った手を力なくだらりと下げる。明らかに様子が変わって見えた。魂を奪われたかのように生気を無くした目からは、一筋の涙が流れている。

「これは……！」

サエを霊視したときに感じた胸騒ぎの正体が初めてわかった。

サエに憑りついている数多くの霊の中に隠れていたが、彼女の魂を支配するほどまでに悪影響を及ぼしていたのは、この店の地縛霊と化した、自殺した女の霊だったのだ。地縛霊は、時にその場所を訪れた人間に憑りつく。

霊視で辿《たど》り着いたあの暗闇はまさに、ブレ・アムールの店内だったのだ。地縛霊は他の霊を引き寄せてしまうことさえあるため、降霊体質のサエの周りにあれほど多くの霊がむらがっていたことにも納得がいった。

私は、涙を流したまま呆然《ぼうぜん》と立ち尽くすサエの口から漏れた言葉を聞き逃さなかった。

「ここにさえ……この街にさえ、来なければ……」

それは、翔《しょう》との出逢いを連想させるものだった。

翔と出逢ったのはまさにこの街、六本木だ。

今、サエの中には、これまで見て見ぬ振りをしてきた深い傷を負った自分自身と、店に潜む数多《あまた》の霊たち、そしてこの場所で命を絶った女の魂が、入り混じっているように見えた。魂は複数存在しても、抱えている苦しみは同じなのだろう。

この街で恋に破れたことによる、絶望だ。

咄嗟《とっさ》にサエの両肩を摑《つか》んだのはエリカだった。エリカはサエを正気に戻そうと、肩を揺すって問いただす。

「サエ！　しっかりしなさい！　合コン頼んできたの、ほんとにあんたの同僚なの？　ほんとにここで合ってたの？」

「わからない……わからない……」

エリカがいくら聞いても、正気を失ったサエの答えは同じだった。

「もういいわ！」

らちが明かないと思ったエリカは、思い立ったように店の入り口の方へと走って行った。

エリカは扉に手をかけ何度も開けようとするが、ガタガタと音を立てるのみで、固く閉ざされていた。

「なんで⁉」

「私たちどうなるの⁉」

全員がパニックに陥ったとき、それは起こった。

店内の食器やテーブル、その他ありとあらゆる物が、まるで意志を持っているかのように独りでに宙を舞い、壁や天井に激突しては粉々に砕け散った。

ガシャーン！

店内に響き渡る強烈な破壊音で恐怖を煽《あお》るポルターガイスト現象が、四人を震え上がらせた。

これは霊視の中ではない。霊視の中なら、いつか現実の世界に戻って来られる。

初めて目の当たりにする脅威を前に、得体の知れない恐怖が押し寄せる。霊視の力を持つ私でさえも追い詰められていた。

「何とかしなきゃ……」

混乱しながらも、自身の霊視の力を使って、どうにかこの事態を収めることはできないかと考えた。このような状況では何かを書きとめることなど、とてもできないとわかってはいたが、それでも必死の想《おも》いで万年筆をギュッと握り締める。

「お願い！　助けて！」

自分に霊視の力が宿ったのは、母が亡くなってから——形見の万年筆は、きっと何かの力を貸してくれると信じて祈り続けた。

その時、私はある物が異様な動き方をしていることに気づいた。

まさに今まで私たちが座っていた、いわくつきのソファーだ。

ドドンッ！　ドドンッ！

大きな音を立て、底を床に打ちつけている。他の物と比べ、明らかに怒気を孕んでいるように見えた。

「何かあるの……？」

必死の想いで考えを巡らせていると、先ほど聞こえたあの忌まわしい女の声が脳裏をよぎり、ここに来る前サエが言っていたことを思い出した。

〝店内のある席を利用すると、燃え上がるような恋に落ちる〟という都市伝説だ。

「もしかして……！」

自殺した女がこのソファーを最期の場所として選んだのは、この都市伝説が関係している――そう勘付いた瞬間、私の意識は磁石に引き寄せられるように、霊視の中へと入っていった。

＊　＊　＊

『これは……』

ここはまさに、『ブレ・アムール』の店内だ。しかし、先ほどまでとはまったく様子が違う。楽し気なジャズミュージックが流れる店内はほぼ満席で、バーテンダー風の店員が数名、慌ただしく客席とバーカウンターを行き来している。客席では、男女のグループや女同士など様々な組み合わせの者たちが会話を弾ませ、店内は活気で満ち溢《あふ》れている。

入り口付近でその様子を眺めている私は自然と、先ほど自分たちが腰かけていた席に目をやった。入り口から右に進んだ、一番奥の真っ赤なソファー席だ。

ソファーには、私と同い年くらいの女性が四人腰掛けていて、何やら楽しそうに話している。その向かいには、同じく四人の男性がいて、女性たちとともに会話を楽しんでいるようだ。

『合……コン……？』

そう思ったとき、四人の女性のうち二人が席を立ち、こちらに向かって歩き出した。手にはハンカチを持っているので、恐らくトイレに行こうとしているのだろう。髪型や服装は一昔前に流行ったもののようだが、どこにでもいる三十代の女性らしき二人は、いたずらっぽい笑顔を浮かべながら声を潜めて何やら嬉《うれ》しそうに会話している。彼女たちの声は、私の耳にも届いた。

「瑞江《みずえ》、イケそうじゃない！」

「やっぱあの噂《うわさ》ってほんとかも……！」

「そうよ！　だってここ最近の合コン、言っちゃ悪いけど全部惨敗だったじゃない？」

「そうなのよ！　でも見たでしょ⁉　慎二《しんじ》さんの方から『連絡先交換しよう』って言ってくれたの！」

「あの人、絶対瑞江のこと気に入ったんだよ！　あの席にして良かったね！」

「うん！　……あー嬉しい！」

二人の会話を聞いて、私の勘は確信へと変わりつつあった。

『やっぱり……あれが噂の席なのね。でもどうして？　二人は燃え上がるような恋に落ちるんでしょ？』

噂の真相を探るべく合コンの行く末を見届けようと思ったその時、私の目の前で、二人の入ったトイレのドアが内側から開かれた。ドアの向こうから眩《まばゆ》い光が溢れ出し、私は思わず目を瞑《つぶ》った。


——ザザ……ン……

私は砂浜に立っている。水平線に沈みゆく真っ赤な夕陽《ゆうひ》が、静かに波打つ海面をキラキラと照らし出している。海から漂う優しい潮風が、私の頬をそっと撫《な》でた。

『あぁ……』

思わず心を奪われた。

どこまでも広がる美しい自然の中に溶け込んでいるのは、波打ち際で向かい合って佇《たたず》む、一組のカップルだ。二人はお互いを愛《いと》おしむように見つめ合い、そして、男性はゆっくりと言葉を紡いでいった。

「出逢った日から五年、君を見てきた。初めて会ったときからずっと、好きだった。今も、これからも」

そう言うと男性はひざまずき、ズボンのポケットから小さなケースを取り出して女性の前で開いて見せた。

「結婚してくれますか？」

女性は目に涙を浮かべ、「はい」と一言答えると、男性の腕に抱き寄せられた。

それは映画のワンシーンのようであり、もっと身近で現実的なものであるようにも思えた。

二人の男女とは、先ほど合コンにいた二人、瑞江と慎二なのだ。あまりにロマンチックな光景に私は胸が熱くなり、二人を祝福したい気持ちでいっぱいになった。

そして……二人を照らす陽は沈み、真っ暗な闇が訪れた。

「恋はー熱くー……燃えー上がりー……」

それは、今にも消え入りそうな、女の歌声だった。

私はそれを見たくなかった。なぜなら、鼻を衝《つ》くイヤな臭いが、これから起こるであろう最悪の事態を予感させたからだ。でも、暗闇に目が慣れてきて、私はその結末を知ることになった。

『そんな……』

私はまた、『ブレ・アムール』に戻っていた。

薄暗い店の中では、例の真っ赤なソファーに瑞江がポツンと一人座っている。表情の無い顔で、唯一口だけがかすかに動き、恋の歌を口ずさんでいる。

イヤな臭いの正体は……瑞江が身体中に浴びた、灯油だった。

「……燃えーるーからー……消えるーのでーしょうかー……」

絞り出すような声で歌い上げると、瑞江は力なく口を閉じた。青白く闇に浮かぶ彼女の姿は、もう半分死んでいるように思えた。店内には逃げ場のない静寂が訪れ、ひんやりとした冷たい空気は、死にゆくはずのない私をも無情に突き放すようだった。

私は彼女ではないはずなのに、心にぽっかりと穴が空いたようで、何をする気にもなれずただ呆然と立ち尽くし、彼女を見つめていた。

底知れぬ悲しみを滞びた瑞江の歌声は、私の心をも侵食してしまった。

「慎二ー……。結婚……するって言ったじゃない。……私の何がダメだった？　どうして気持ちが変わったの？」

瑞江は力なくそう呟《つぶや》くと、静かに涙を流したあと、震える声で嚙《か》み締めるように囁《ささや》いた。

「……ここにさえ……来なければ…………恋なんて…………しなかったのに……結局成就しないじゃない。……出逢いたくなかった……結ばれたくなかった……。こんなに、苦しいなら……」

今にも消え入りそうな瑞江の手から垣間見えたのは、ライターだ。

「私、もう消えるね」

カチッという着火音とともに瑞江の身体は炎に包まれ、燃え上がった。

「ギャアアアアアアアー！」

脳天を撃ち抜くような断末魔の叫びは、私を一瞬にして我に返した。

『ハァッ！　ハァッ！』

気が動転して何も考えられなかった。火だるまになった瑞江の身体はけたたましくソファーの上をのたうち回る。私の存在に気づいたのかすぐさま身体をよじらせ起き上がり、両腕を前に突き出しながら勢いよく走り迫って来た。

「ギャアアアーアツイ！　アツイ！　タスケテー！」

『イヤァ！　来ないで！』

無駄だと知りながらも、私の両腕は防衛本能のまま顔の前で構えられ、腕の向こうで、私は必死に顔を背けた。

＊　＊　＊

「いや！　……いや！　……」

ガシャーン！

「え？」

目を開けるとそこに瑞江の姿はなく、私は今まさにポルターガイスト現象が巻き起こっている、現在の『ブレ・アムール』に戻っていた。

目の前で飛び交う椅子や激しい音を立てて割れる皿、そして、先ほどにも増して荒々しく床に打ちつけるソファーを見つめている内に、不意に涙がこみ上げてきた。

瑞江はもう、この世にいない。恋が成就することは、永遠にない。

けれど、後悔と失恋と身体の痛みは彼女が死してもなお、怒りと悲しみで彼女を支配し続けている。

『哀《かな》しい……哀しいよ……』

書くこと以外で霊視ができたのは、初めての体験だった。私は涙を堪《こら》えながら、この光景を見ることになったのには何か理由があるに違いないと確信した。

答えを求めるかのようにそっと瞼《まぶた》を閉じた私の心に、自然と、母親との想い出が走馬燈のように蘇《よみがえ》った。

「ツバサ、成人おめでとう。はい、これは私から」

「お母さんありがとう。……万年筆？」

「そうよ。ツバサは物語を書くのが上手だから、うまく言葉にできないときは、書いて伝えたらいいんじゃないかと思って」

「ありがとう！　でも、これって……」

「お母さんのお古でごめんね。でも、大事にしてきた物だから。ツバサに使ってほしくて」

「使うよ！」

「……ツバサ」

「なに？」

「生まれてきてくれて、ありがとう」

「へ？　急にどうしたの⁉　恥ずかしいからやめてよ！」


母が亡くなったのは、この時からわずか数週間後のことだった。母は、自分の死期を悟っていたのかもしれない。

「お母さん……どうして私は、霊視ができるの？　いま見た霊視は……どうしたらいいの？　教えて……」

万年筆を握り締めている指の隙間から異様な光が漏れていることに気づいたのは、その時だった。

「……何？」

恐る恐る指を開くと、信じられないことに、万年筆が自ら白い光を放っている。それは蛍の光のように柔らかく、けれど強い生命力を感じさせるように、鼓動のごとくゆっくりと明滅していた。

――ツバサ。この万年筆は、小説を書いていた、あなたのお父さんの物よ。

光の中から、懐かしい母の声がした。私だけに聞こえる、心の声だ。

「お母……さん……？」

姿なき母は私に、ゆっくりと語りかける。

――これは、お母さんとお父さんとを繋《つな》いでくれた大切なもの。お父さんと別れたとき、思い切って捨てようとしたら、ツバサは大泣きした。小さかったから、きっと覚えてないでしょう。

私は覚えていなかった。けれど、小さい頃に一度だけ、泣き疲れて眠った夜に、怖い夢を見た。父と母はそこにいるのに、私が話しかけても無視するばかりで、まるではじめから私など存在しないかのような家にいる夢だ。

そんな悪夢が蘇ったとき、母は続けた。

――父親がいなくて、嫌な思いをさせたこともあったね。お父さんとは、上手に生きられなかった。でも、これだけはわかってほしい。お父さんがいなければ、ツバサと出逢えることもなかった。たった一人の娘……あなたは、私の人生の宝物。

「お母さん……」

溢れ出した想いが、涙となって頬を伝った。

――生まれてきてくれて、ありがとう。

母の最後の言葉が聞こえたそのとき、万年筆から放たれる白い光は明滅するのをやめ、強烈に発光しはじめた。

「これは……！」

姿なき母との再開から一縷《いちる》の望みを感じたとき、

「シネ！　ワタシトオナジウンメイヲタドレ……！　アアアアアアアアー！」

耳をつんざくようなその声は、先ほど霊視の中で聞いた瑞江の声に違いなかった。店内中に響きわたったそれは、強い怨みの念とやり場のない怒りで満ち満ちていた。

「うっ……」

瑞江の魂の叫びを全身に浴び一瞬怯《ひる》んだが、咄嗟に頭に浮かんだ方法は一つだった。

「これしかないわ……！」

それは、今まさに強力な力を帯びたこの万年筆で、瑞江の怨念を鎮めることだった。

凄まじい勢いで様々な物が乱れ飛ぶ中、私は先ほどまでメモ書きに使っていたノートを見つけるべく、必死になって目を凝らした。

「あった！」

店内の隅の方で、投げ飛ばされたノートがグシャリと床に伏していた。

一心不乱に駆け出した私はノートを拾い上げると、勢いよくビリッと一枚破り取り、万年筆を持って心に浮かんだ文字を大きく記した。

祈るようにしてそれをギュッと胸に押し当てながら、絞り出すような声で叫んだ。

「お願い……！　鎮まって……！」

その瞬間、激しく床に打ちつけているソファーの動きがピタリと止まった。それに続くようにして、ポルターガイスト現象も嘘のように収まっていった。

「……ハァッ、ハァッ……ハァ……ふぅ……」

瑞江の怒りが鎮まり、四人が安堵《あんど》のため息を漏らしたそのとき、

――ボオォォッッ……！

無情な音とともに、ソファーの真ん中に黄赤色の火柱が立った。

「ハッ……！」

燃え盛る炎は、瑞江の猛然な怒りになす術《すべ》なくあとずさるしかない四人の瞳をきらきらと照らした。

屈するしかないのかと諦めかけたとき、ガタガタガタとけたたましい音を立てながら、ソファーが震えはじめた。先ほどまでよりももっと強く、そして激しい怒りがこもった怨念を感じた私は、自身の勘に衝き動かされるままに行動に出た。

「みんな！　ソファーを押さえて！　動きを止めて！」

「え⁉」

「いいから！　早く！」

一か八かの賭けに出た私の一声で、エリカ、サエ、カオルコの三人は力を合わせ、火柱を上げながら激しく動くソファーの両端をグッと押さえつけた。言葉は交わさなくとも、四人の心は同じ結末を願っていた。

「私たちはあなたとは違う！　何があっても……絶対に希望を捨てたりしない！」

私は文字を記した紙を勢いよくソファーに貼りつけると、そこめがけて万年筆を突き立てた。

「鎮まりなさい……！」

「……………アァァァァァァァーーーー！」

文字に願いを託したその瞬間、瑞江と数多の霊たちの凄《すさ》まじい断末魔が店内に響き渡った。

激しく揺れ動いていたソファーは一瞬にして動きを止め、燃え盛っていた炎も、潮が引くようにソファーに吸い込まれて消えていった。

静寂が戻ったのだ。

店内には、魂が抜けたように呆然と立ち尽くすツバサたちがいた。

時間は経過しているはずなのに先ほどよりも明るく感じる。店内を見渡して、四人の女たちは涙を流しながら無言で顔を見合わせた。

食器も椅子もテーブルも、そこにある物すべてが、長い年月を感じさせる黒く薄汚れた埃《ほこり》を被っていたのだ。

「………行きましょ」

恋愛における闇を見せつけられた女たちは足早に、真実の愛の店から脱出した。

「これからどうする？」

「合コンは中止？」

「中止……？」

四人はそう言いながら足を止めた。

「……いまのって、本当に起きたんだよね？」

サエが口にすると、沈黙が流れた。『ブレ・アムール』での一件が、未だ信じられないのだ。

「…………うん。私たちみんなで、あの現象を止めたよ」

ツバサが答えると、四人は顔を見合わせた。

いつになく深刻な友人の顔を見ている内に、四人は笑いが込み上げてきた。

「……フッ……フフフ……フフフフフフ」

それは、あの信じられない体験をした恐怖を払拭しようとするようでもあり、全員が無事だったことを心から喜んでいるようでもあった。

誰も言葉にしようとはしなかったが、四人は互いに、他の何にも代えられない絆《きずな》を感じていた。

「行こっか」

埃を払いながら、サエが言う。

「どこに？」

「決まってるでしょ。ご・う・コ・ン。せっかく男たちも揃《そろ》っているのに、こーんなイイ女たちに会えないなんてかわいそうじゃない！」

判決を下したのはエリカだった。

「……大丈夫、大丈夫！　みんなこっちで先に始めてるし、待ってるよ」

スマホの向こうでは、恋の予感を感じさせる男性たちの暖かな笑い声が聞こえていた。

女たちの顔には笑みが戻り、真実の愛を求めて新たな一歩を踏み出した。

男性たちのもとへと向かいながら、三人はツバサに聞いた。

「あの紙に書いた文字って何だったの？」

「びっくりしたよねー！　ホント、魔法みたいだった」

「いろんな修羅場見てきたけど、こんなの初めてだったわよ！　ツバサ、どういう意味なの？」

「……あれはね」

その文字とは、『咲』の一文字だ。私の母の名、『咲《えみ》』だ。

どんなときも、笑って前向きに生きていた母にぴったりの名前だ。

私にも、母の想いは息づいていた。

「ツバサ、見てごらん？」

「……お花？」

「これは椿よ」

「きれいだね」

「椿にはね、〝誇り〟っていう花言葉があるの。嫌なことがあっても、自分に誇りさえもっていれば、前向きに生きていけるのよ」

椿が咲くころに生まれた私は母によって、『椿咲』と書いて『ツバサ』と名付けられた。

母の名を受け継ぐ自分には、前向きに生きることの大切さを伝える使命があると感じたのだ。

私はホッとしていた。

自分が失恋の痛みも感じないような薄情な女ではないと知ったから。

ソファーを浄化した瞬間、確かに、強く暖かな眼差しで寄り添う、亡き母の姿をその目で見たのだ。

もう二度と会えなくても、母はいつも、私がしっかりと前に進めるよう、見守ってくれていた。

エピローグ　椿《つばき》が咲くころに

長い冬が終わりを告げ、夜風が心地よい季節になった。

春がきた。

私は前と変わらず、脚本を書いている。独身の女友達が提供してくれるネタは、確実に筆を後押ししてくれていた。取材の相棒は変わらず、母の万年筆だ。

『ブレ・アムール』での出来事は、私の人生を変えた。あの一件があって以来、自分に自信が持てるようになった。誇りとでもいうべきか。

長年視界を遮っていた眼鏡をやめてコンタクトレンズに変えただけでなく、性格も前向きに変わってきていると、日々感じるのだ。以前より社交的になった私は、男性との会話も弾むようになった。

けれど、失ったものもある。あの一件以来、霊視が起こることがなくなったのだ。

霊障のようなものが起きるのではと、三人のその後が心配になったが、嬉《うれ》しいニュースはその不安を吹き飛ばした。あのあと合流した合コンがきっかけで、三人ともに彼氏ができたのだ。もちろん、私にも。

隣ですやすやと寝ている彼を見て、私は安堵《あんど》した。霊視はできなくなったけれど、母が与えてくれた誇りによって、新たな一歩を踏み出すことができたのだ。

闇の裏には、光がある。いくつもの恋愛における闇を見てきた私にとって、新たな恋のはじまりは、さらなる幸せへと導く光できらきらと輝いていた。

でも、もし闇に迷い込みそうになったその時は、心強い友たちに何でも話そう。そして聞こう。

先のことはわからない。

でも、今ある幸せを見失わないよう、どんなときも前向きに笑って生きていたいと思う。

窓の外では、椿がそっと咲きはじめていた。

（了）

fHM
futami
HORROR × MYSTERY

作品に関するご意見、ご感想等は
東京都千代田区神田三崎町 2-18-11
fHM文庫編集部まで

本作品は書き下ろしです。

アンハッピーフライデー
——闇《やみ》に蠢《うごめ》く恋《こい》物《もの》語《がたり》

2021年8月20日　初版発行

著者 …………………… 山口《やまぐち》綾《あや》子《こ》

発行所 ………………… 二見書房
東京都千代田区神田三崎町 2-18-11
電話　03-3515-2311（営業）
　　　03-3515-2313（編集）
振替　00170-4-2639
印刷 …………………… 株式会社堀内印刷所
製本 …………………… 株式会社村上製本所

乱丁・落丁本はお取り替えいたします。
定価はカバーに表示してあります。

ISBN978-4-576-21111-4

https://www.futami.co.jp